Author ◀ Yusaku Sakaishi
坂石遊作
Illustration ◀ Canata Katana
刀 彼方

最弱無能が玉座へ至る

Tales of Taking the Throne Who the Weakest and Incompetent Student

――人間社会の落ちこぼれ、亜人の眷属になって成り上がる――

ファナ=M=アルクネシア

クレナの護衛を担う少女。
その速度と両手の短剣を駆使して、
敵を翻弄する戦いが得意。

クレナ=B=ヴァリエンス

王家に連なる純血の吸血鬼。
とある事をきっかけに
一時的に眷属にしたケイルが、
落ちこぼれとは思えない力を
発揮したことで興味を持つ。

アイナ＝
フェイリスタン
学園でもトップクラスの
戦闘能力を持つ虎獣人の美少女。
吸血鬼の眷属となったケイルに
興味を持ち、自分の眷属にも
ならないかと詰め寄る。
ミュア＝
クレイニア
重度のブラコンなケイルの妹。
兄と違い【素質系・剣】の能力を開花させ、
剣姫という二つ名で呼ばれる
最強の剣士。
ケイル＝
クレイニア
15歳になっても何の能力も使えない
落ちこぼれの少年。
学校でもいじめられる対象だったが、
クレナの眷属になったことで
人生が変わり始める。

「ね、ねえ。実はさ、
前からずっと言おうと思ってたんだけど……その、
ちょっとだけケイル君の血を吸わせてくれない？」
ただならぬ様子で迫ってくるクレナ。

最弱無能が玉座へ至る１

～人間社会の落ちこぼれ、
亜人の眷属になって成り上がる～

坂石遊作

HJ文庫
894

口絵・本文イラスト　刀彼方

1

Tales of Taking the Throne
Who the Weakest and Incompetent Student

CONTENTS

プロローグ

吸血鬼、獣人、妖精、天使、悪魔、エルフ、ドワーフ——そして人間。

この世界には多くの種族が存在する。それ故に、争いが起きることもある。

——種族戦争。

かつて、各種族の長たちが、頂点の座を懸けて争った。

その戦火はあっという間に世界全土へ広まった。人も、亜人も、魔物も、あらゆる命が戦火に飲まれて消えていき、多くの者が怒りに狂った。

戦争は長引いた。

その理由は、種族特性と呼ばれる特殊な力だった。

あらゆる種族には、特有の能力がある。血を操ることができる吸血鬼。肉体が強靱な獣人。自然の変化を読み取る妖精。多彩な能力を操る人間。それぞれの種族にはそれぞれの強さがあり、だからこそ彼らは戦争を始めたわけだが、惜しむらくはその強さの桁を読み違えていた。誰もが「自分たちこそが最強の種族であり、世界を支配するに相応しい」と信じて疑わなかった時代、人々は戦争を通して他の種族の強さに愕然とした。
屍山血河の末、漸く戦争は終わった。
これ以上戦争を続ければ、種そのものが絶滅しかねないと各種属の長が判断したのだ。

——時は現代。

種族戦争の終結から、約一世紀が経過した頃。
あらゆる種族が共に手を取り合い、平和を誓った筈のこの世界で——。
俺は、平和とは程遠い毎日を送っていた。

第一章　落ちこぼれの人間と、高貴な亜人

「的が逃げてんじゃねーよっ！」

「ぐあっ⁉」

学園の郊外。授業で使う森の中。

汗水垂らして走る俺の背中に、真っ赤な炎の塊が直撃した。

「ははは！　いい気味だな、ケイル！」

「その年にもなって能力が開花してないなんて、お前くらいだぜ！」

「落ちこぼれが！　さっさと学園を退学しろ！」

下卑た笑い声が森に木霊した。

彼らは俺と同じ学園の生徒だった。しかしその実力は俺とは異なる。

彼らの言う通り、俺は――落ちこぼれ。だからこそ起きる嫌がらせや虐めは、もう何年も前から経験していた。

「く、そっ！」

隙を見て走り去る。だが彼らもすぐに反応した。

「逃すかっ！」

「待て！　やべえ、教師だ！」

一人の男子が、こちらに接近する教師の姿を見つけた。

彼らは舌打ちして、俺の追跡をやめる。

「助かった、か……」

安堵に胸をなでおろした時——学園のチャイムが鳴り響いた。

◆

種族戦争が一世紀前に終わったことは、学園の授業でも家族との会話でも、耳にたこができるくらい聞いていた。それだけあの戦争は大きかったらしいが、だからと言って戦争終わった今、世界に平和が訪れているかというとそうでもない。

種族間の戦争が終わった後に起きるのは、種族内の争いだ。

人間もその例に漏れない。人間は徐々に種族内での優劣を競うようになり——結果、俺のような落ちこぼれは虐げられるようになった。

「……痛ぇ」

放課後。帰路についた俺は、全身の傷から感じる痛みに舌打ちした。

「ただいま」

家に帰ると、パタパタと足音が近づいてきた。

「兄さん！　おかえりなさい！」

妹のミュア＝クレイニアが満面の笑みで俺を迎える。

容姿端麗とはまさに彼女のことで、巷では雪の精霊と噂されるほどの、目を惹く姿をしていた。肌は初雪のように白くてきめ細かく、艶やかな銀髪は結ぶことなく腰まで垂らしている。俺は父の黒髪を受け継いだが、ミュアは母の銀髪を受け継いでいた。

「荷物、預かりますね」

「ありがとう」

ミュアはすぐに俺の荷物を受け取り、中にある弁当箱と運動着を取り出した。

わけあって彼女は家にいることが少ないため、偶にこうして家で顔をあわせたら、何かと家事を負担してくれる。本当に良くできた妹だ。俺とは全く違う。

しかしミュアは——俺の運動着を見た直後、その目をスッと細くした。

「兄さん、この運動着……どうしてこんなに汚れてるんですか？」

その一言に、俺はギクリと身体を硬直させた。

「その、今日はサバイバル演習があったから、魔物と戦っているうちに汚れたんだ……」

「背中の部分、焼けていますね。あの森に火を使う魔物はいなかった筈ですが」

「……」

駄目だ、誤魔化しきれない。

これは――危険だ。

俺ではなく、俺を虐めた連中が。

「誰がやったんですか？」

「いや、その……」

「教えてください。――私が斬ってきます」

そう言って、ミュアが玄関先にかけている刀を握った。

「待て待て待て！　いいって！　そんなことする必要ないから！」

「はなしてください！　兄さんの敵は私が皆殺しにします！」

「やめろ！　剣姫が嘘でもそんなことを言うな！」

何を隠そうこの妹、ここらではちょっとした有名人である。

そんな彼女に私情で人殺しなんてさせるわけにはいかない。……多分この場合、元凶は俺になるだろうし。

必死に止める俺に観念したのか、ミュアは渋々と引き下がった。

代わりに、心配そうな顔で俺を見つめる。

「無理は禁物ですよ。……兄さんはまだ、能力が開花していないんですから」

その言葉を聞いて、ズシリと胸に重石が入った気分になった。

俺が落ちこぼれである所以は、未だ能力を開花していないからだ。

全ての種族は、種族特性という特殊な能力を持っている。

例えば、吸血鬼の種族特性は「血を操ること」。

獣人の種族特性は「身体能力の大幅な向上およびそれに伴う獣化」。

そして人間の種族特性は――七通り存在する。

素質系――特定の技能に対して、努力することで人一倍早く極めることができる。

支配系――特定の現象や物体を、自在に操ることができる。

模倣系――他の人間の能力を模倣できる。

強化系――特定の能力を、一時的に向上できる。

契約系――特定の生物と契約を交わすことで使役できる。

吸収系――特定の現象や物体を吸収し、それに応じて特殊な力を得ることができる。
覚醒（かくせい）系――ある瞬間（しゅんかん）を境に、特定の技能を極めた状態となる。

大体、人間は十歳（さい）前後で自らの能力を自覚する。

早い者は物心つく頃には能力を使いこなしていることもある。ミュアもかなり早い段階で能力を自覚しており、確か五歳になる頃には使いこなしていた。

だが、俺は――まだ能力を自覚していない。

自覚していないということは、自分の能力が何か分からず、全く使えない状態にあるということだ。

俺は今年の春から高等部一年生。つまり年は十五歳である。

周りの生徒が皆（みな）、能力を使っている中、俺だけ何もできずにいるのだ。これでは落ちこぼれと罵（ののし）られるのも無理はない。

「そう言えば、今日はギルドの方は良いのか？」

「はい。今日はお休みをいただいていますから」

ギルドとは、国が経営する仕事の斡旋（あっせん）所である。依頼人（いらいにん）と受注者の仲介（ちゅうかい）をすることで儲（もう）けを得ている組織だ。

ミュアはこの国でも有数のギルドに入っており、その中でも特に有望株として見られている。

「俺も、ギルドに入れたらな……」

独り言のようにつぶやく。

ギルドの加入条件は「能力を自覚し、制御できること」だ。俺は該当しない。

我らがクレイニア家の両親は――ある日、唐突に蒸発した。もちろん蒸発というのは比喩表現だが、要するに姿を消したのだ。もう何年も前から音信不通の状態が続いている。

幸い、当時からミュアはギルドで有望株として莫大な金を稼いでいたため、生活費に困ることはなかった。その時の俺は、まさか両親がこのまま帰ってこないとは思わなかったため、少しの間だけミュアの世話になるつもりだった。ちゃんと「借りた金はちゃんと返す」とミュアにも伝えている。

だが結局、両親は帰ってこなかった。

その結果、俺は未だミュアに、生活費も学費も全て稼いでもらっている。

……紐じゃん。

年下の、しかも妹の脛をかじる兄って、人としてどうなんだ。

「……なあ、ミュア。やっぱり俺も学園辞めて働こうと思うんだが――」

「駄目です。稼ぎは私一人で十分なんですから。兄さんは学園に通ってください」

ミュアはため息をこぼした。

「学歴は重要ですよ。将来のためにも、手に入れるに越したことはありません」

「……それを言うならミュアも同じだろ」

「私はすでに十分稼いでいますから。それに一応、学園にも籍を置いています」

籍を置いているだけで通ってはいない。

ミュアはいつもギルドで仕事を請けている。

「晩ごはん作りますから、兄さんはそれまでゆっくりしていてください」

「……ああ」

ミュアに言われ、俺は自室に入り、ベッドに身体を沈ませた。

「学園では同級生に虐められ、家では妹に養われる、か……」

ぼーっと天井を眺めながらつぶやく。

(このままじゃ、駄目だよな……)

なんて考えたところで、何をするべきか答えが出るわけでもない。

今まで幾度となくこうして悩んできたのだから。

起き上がった俺は、リビングにいるミュアへ一声かける。

「ミュア、ちょっと散歩してくる」

「分かりました。……流石にもうしないとは思いますが、間違っても街の外に出て、魔物と戦ったりしないでくださいよ」

「分かってる」

頷いて、玄関から外に出る。

昔、能力が欲しいあまり、「命の危機に瀕したら能力も開花するはずだ！」なんて無謀なことを考えていた時期があった。結果、街の外で魔物に深手を負わされた俺は、すぐにミュアに救出され、それから長い間、説教を受けた。

「こうやって気晴らししたところで、何も状況は変わらないか……」

どうすれば能力を手に入れられるんだろうか。

どうすればミュアの紐から脱却できるんだろうか。

「……ん？」

家に帰ろうとしたその時、路地裏の方から大きな物音が聞こえた。

「なんだ……？」

息を潜めて路地裏の方へ進むと――。

――そこには一人の少女がいた。

青みがかった銀の髪はふわふわにカールしており肩の下まで伸びていた。穢れを知らない真紅の瞳は宝石のように美しく輝いている。

そして、背中からは漆黒の翼が生えていた。

「き、吸血鬼……?」

少女は、亜人の一種。吸血鬼と呼ばれる種族で間違いない。

血を吸い、血を操る種族。吸血鬼であるその少女は——全身傷だらけで、荒い呼吸をしていた。少女は至るところから血を流し、苦痛に顔を歪めている。

(怪我、してるのか……?)

身体が痛むのか、少女は片膝をついたまま動かない。

「どうしよう……もう、力が……っ」

焦燥に駆られた様子で少女が呟いた。

何があったのかは分からない。だが、今にも気を失ってしまいそうな少女に、俺は思わず歩み寄る。

同時に、少女の真っ赤な瞳がこちらを向いた。

「お、おい。大丈夫——」

声をかけた直後、少女が口角を吊り上げたような気がした。

少女の身体が一瞬、ぶれる。

次の瞬間、首の裏に強烈な痛みを感じた。

「が――っ⁉」

いつの間にか背後に回った少女は、俺の首筋に牙を突き立てていた。

「動かないで」

「悪く思わないでね」

「な……に？」

「本当はこんな、誰かを巻き込むことなんてしたくなかったんだけど……事態は一刻を争うから。申し訳ないけれど、これから貴方には私の眷属になってもらう」

眷属。それは、亜人が使役する人間のことだ。

吸血鬼や獣人、妖精、天使、悪魔など。亜人は、ある条件を満たすことで人間を眷属という名の下僕にすることができる。

確か、吸血鬼が眷属を作る方法は――対象に血を注ぐこと。

「ふ、ふざけるな……いきなり、何を……ッ！」

「大丈夫、怖がらなくていいよ。準眷属にしておくから、明日になれば元に戻る」

吸血鬼の血を注がれる。

瞬間、心臓が大きく跳ね上がった。

「ぐうッ⁉」

身体中から湧き上がる熱に、思わず膝から崩れ落ちた。

暫くすると変化が訪れる。ここは街灯の光が届かない路地裏の奥地だ。一メートル先も見えないほどの暗闇だったはずだが……途端に視界が開けた。

暗闇がよく見える。全身を熱い血潮が駆け巡っている。

足元の水溜まりに映る俺は——瞳が真紅に染まっていた。

「よし……眷属化、成功！」

「この……っ」

明るく笑いながらこちらを見下ろす銀髪美少女。

だが俺はちっとも喜べない。人を勝手に眷属化するのは立派な犯罪だ。

その時、前方から一人の男が現れた。

「おいおいおいおいおいぃぃ！　いい加減にしねえと殺しちまうぞォ‼」

その男はボサボサの黒い髪を掻き乱しながら告げた。暗闇の中で煌めく金色の双眸が俺の隣に立つ少女を睨む。

「しつこいわね……私の血は貴方にはもったいないわよ」

「はっ！　流石、純血の吸血鬼！　お高くとまってやがる！」

不敵な笑みを浮かべて男が言った。

よく見れば男の頭には小さな角が生えている。

（あれは……悪魔か）

頭の角は、悪魔と呼ばれる種族の特徴だ。

「あん？　……んだよ、てめえ、眷属を作りやがったのか」

男は訝しむような目で俺を睨みながら言った。

「残念だったわね。これで二対一。貴方が不利よ？」

「馬鹿が！　苦し紛れで作った眷属なんざ、役に立つわけねぇだろッ!!」

男が地を蹴り抜き、肉薄してくる。

「まずっ――避けて！」

少女が叫ぶ。

眼前から男の拳が迫る。だがそれが触れるよりも先に、勢い良く跳躍した。

瞬間――俺はいつの間にか、屋根よりも高い位置にいた。

「なっ!?」

たった一度の跳躍で屋根の上まで登る。その身体能力に、俺自身が驚愕した。

速い――これは本当に俺の足か？

眷属になった人間は、一時的にその種族の特徴や能力を獲得する。つまり俺の身体能力は今、吸血鬼並みになっているということだ。

亜人は大抵、人間よりも基礎能力が高いが――こんなにも変わるものなのか？

「ちっ、主に似たな。逃げ足だけは速ぇ――ッ⁉」

「――余所見すんなッ！」

俺を睨む男に対し、吸血鬼の少女が横合いから攻撃を仕掛けた。

その手に持っている赤い短剣を素早く振り切る。

「コラそこの人間！　早く私をサポートして！　何のために眷属にしたと思ってんの⁉」

少女は男へ肉薄しながら叫んだ。

「ふ、ふざけんな！　勝手に俺を眷属にしやがって――」

「このままじゃ私だけじゃなく貴方も酷い目に遭うわよ‼　言っとくけどコイツ、目撃者は見境なく殺すからね！」

少女の剣幕に一瞬鼻白み、言葉に詰まった。

屋根の上から悪魔の男を観察する。

（俺を眷属にしたのは、あの悪魔に対抗するためか……‼）

無理難題だ。

学園で、戦うための術は学んでいるが……眷属の身体になったのはこれが初めて。しかもこんな急に、敵も味方も信用できない状態で戦うなんて。

「そらよッ！」

「きゃっ⁉」

男の蹴りを受けて、少女が路地裏の壁まで吹き飛ばされた。

その後、男は屋根の上にいる俺の方を見る。

「一応言っとくが、コイツの言葉は正しいぜ。吸血鬼は攫うよう言われているが、目撃者は始末しろとも言われてるんでな。……お前ら二人とも、逃げられると思うなよ？」

殺意の込められた視線に射貫かれ、背筋が凍る。

「お、おい！　俺は殺されたくないんだが⁉」

「私だって攫われたくないの！」

少女が焦燥に駆られた様子で叫んだ。

「でも、私一人じゃアイツを倒せない！　だから――お願い！　協力して！」

精一杯の懇願だった。

わけのわからない状況だが、それでも少女が本気で困っていることだけは伝わった。

「ああ、くそっ――どうすればいい!?」

半ば自棄になって訊く。

どのみちこのままでは俺も巻き添えで死ぬかもしれない。

なら少女が健在である今のうちに、二人で協力して悪魔を倒すべきだ。

「私の眷属になった今の貴方なら、吸血鬼の種族特性である血の操作ができる筈！　それを武器にして戦って！」

「それを武器にって、言われても――ど、どうやって使えばいいんだよ!?」

「人間が能力を使う時と同じ感覚！」

その説明を聞いて、頭が一瞬、真っ白になった。

「俺、能力が使えないんだけど……」

「……え？　だ、だってその見た目、どう考えても十歳は超えてるよね……？」

互いに無言の時間が続く。

気まずい静寂を破ってくれたのは、悪魔の男だった。

「くはは！　こいつは傑作だ！　とんでもねぇ不良品を眷属にしちまったみたいだな！」

悪魔が少女のもとへ疾駆する。その身が翻ったかと思えば、次の瞬間、男の臀部から生えた黒い尻尾が槍の如く突き出された。

「くっ⁉」

少女が尻尾を赤い短剣で弾く。

「どのみち、ソイツは亜人の戦い方を知らねぇ素人だ！　眷属になったばかりの人間がマトモに戦えるわけがねぇ！」

少女の短剣と男の尾が、眼前で何度も衝突した。

今にも泣き出しそうな少女の顔を見て、俺は多分、無謀な決意を抱いた。

——やるしかない。

吸血鬼の戦い方なんてさっぱり分からないが、今ここで少女に協力できなければ、俺たちは共に敗北してしまう。

先程、男の攻撃を避けた時のことを——屋根よりも高く跳んだ時の感覚を思い出す。

不思議と頭が冴えていた。頭の中で思い浮かべる行動の全てに、できるできないの分別がつく。これまで吸血鬼の眷属になったことはない筈だが……何故か、吸血鬼の身体の使い方が手に取るように分かる。

——戦える。

何故か分からないが、そう確信した。

直後、少女に噛まれた首筋から真っ赤な血が吹き出る。

真紅の血は宙に浮き、そのまま俺を中心にゆっくりと旋回した。

「これが、吸血鬼の力……」

試しに軽く念じてみると、目の前の血はシュルリと渦巻いた。――俺の意思に応じて血は動く。間違いない、吸血鬼の種族特性だ。

「使えるじゃん！　能力！」

少女が怒りを込めて叫ぶ。

「早く手伝って！　もう限界！」

「あ、ああ！」

屋根の上から、少女と悪魔の男を見下ろす。

男は俺を脅威と感じていないのか、一直線に少女のもとへと走り出す。

まずは男の動きを止めなくてはならない。――そう思うと同時に、宙に浮いた鮮血がシュルリと動き出した。

――盾ッ！

咄嗟にイメージが浮かぶ。

少女と悪魔の間に、大きな真紅の盾が現れた。

「なっ⁉」

唐突に盾が出現し、男が驚愕の声を発す。

「えっ」

同じように、少女も目を丸くして何かに驚いていた。

(……なんだ、これ?)

頭が冴える。

何もしなくても、勝手に次の技のイメージが湧く。

(なんだ、この――万能感は?)

カチリと。身体の中にある、今までぎこちない動きをしていた歯車が、急に噛み合ったような気がした。

まるで、亜人と化した今の自分が、本来の自分であるかのようだ。

何かが俺の身体を突き動かす。奥底から溢れ出してくる衝動に身を任せ、屋根の上から少女たちがいる路地裏へと跳んだ。

シュルリ、と鮮やかな血が舞う。

「――《血閃鎌》」

着地するよりも早く、右腕を横に振り切ると――紅の斬撃が放たれた。

悪魔の男は目を見開き、慌てて逃げようとする。しかし、

「ぐあッ⁉」

男は斬撃を避けきれず、反対側の路地裏の壁まで吹き飛んだ。

「嘘……ありえない。どうして人間が、『血舞踏（ブラッディ・アーツ）』を……」

少女が何かを呟く。

赤い斬撃を受けた悪魔の男は気絶していた。

（何なんだ、今のは……）

まるで頭の中に、もう一人の自分がいるような感覚だった。

身体が、心が、異様に馴染（なじ）む。

まるで自分は最初から吸血鬼だったかのように――。

「色々、訊きたいことはあるけれど……まだ貴方の役目は終わってないわよ」

少女が俺を見つめながら言う。

「その男を始末してちょうだい」

「始末って……まさか、殺すということか？」

「そう。また襲（おそ）われたら面倒（めんどう）だし。それに生憎（あいにく）、今の私には殺す手立てもないしね」

そう言って少女は折れた短剣を見せてきた。

そう言えば彼女は吸血鬼であるにも拘（かかわ）らず、先程から全く血を操っていない。見れば額には汗(あせ)が浮かんでおり、疲労困憊(ひろうこんぱい)といった様子だ。本調子ではないのだろう。

(……冗談(じょうだん)じゃない)

やむを得ず共闘(きょうとう)はしたが、流石に人を殺したいとは思わない。

第一、俺は勝手に眷属にされた、ただの人間だ。これ以上、少女に従う必要はない。

「断る。事情も知らないのに、これ以上、手を貸す気はない」

「……そう。じゃあ悪いけれど、こっちも力を使わせてもらうよ」

少女が真紅の目で、俺を見据(みす)える。

「主(あるじ)として、我(わ)が眷属に命令する。――『あの者を殺せ』」

一瞬――全身に小さな電流が走ったかのような、ピリッとした感覚があった。

しかし、すぐに収まる。

少女は自信満々に笑みを浮かべているが、俺にはその理由がさっぱり分からなかった。

「断る」

「んな⁉」

少女は可愛(かわい)らしい悲鳴を上げ、あうあうと狼狽(ろうばい)し始めた。

「な、なんでっ⁉　どうして⁉　どうして眷属が主の命令に逆らえるのっ⁉」

「知るか」

　実際、知らない。そう言えば亜人は、眷属に対して自由に命令できるんだったと今更思い出したが――俺は簡単に少女の命令を拒否することができた。

　少女の命令がおかしいのか、或いは俺の方がおかしいのか。

「主として、我が眷属に命令する！　『あの者を殺せ』！」

「断る」

「うわあぁぁああ⁉　なんでぇ⁉　こ、こんなの絶対有り得ない⁉　『殺せ』！　『殺して』！　『殺してください』！」

　何度命令されても、それに従う気にはならない。

　溜息を吐く。最早、自分が何に巻き込まれているのか知るのも面倒になってきた。

　というか――そろそろ帰らないとまずいかもしれない。

　またミュアに怒られてしまう。

「おい……もう帰っていいか？」

「だ、駄目！　絶対駄目っ！」

　少女が涙目になりながら俺の前に立ち塞がり、両手を横に広げた。

「まだ、貴方には訊きたいことがある。……貴方、吸血鬼の眷属になったのは、これが初めてじゃないよね？」

「……いや、吸血鬼どころか、亜人の眷属になったのはこれが初めてだ」

「そ、そんなわけない！　だって貴方、逃げる時も私並みの速さだったし、血の操作に至っては私よりも凄かったもん！　あんなの、吸血鬼としての経験が長くないと、絶対にできない！」

「いや、だから本当に初めてなんだって。……あまり言いたくないが、お前が弱いだけなんじゃ……？」

「私はこれでも純血の吸血鬼なの！　だからそこらの吸血鬼よりずっと上の存在！　むしろ貴方こそ何⁉　主の命令に逆らう眷属なんて、聞いたことがない！」

うがーっ！　と吠える少女に、俺は辟易した。

血を使ったからだろうか、身体が重たい。

「じゃあな」

少女を振り切り、再び屋根の上へと跳び移る。

「ちょっ⁉　ま、待って！　ねえ、待ってってば！」

それだけ元気に叫べるなら、一人でも問題ないだろう。

俺は屋根を転々と跳び移りながら、急いで家へと戻った。

◇

「……行っちゃった」

走り去るケイルの背中を見届けながら、少女は残念そうに呟く。

だがすぐに、本来の明るい表情に戻った。

「まあ、いいか。あの制服……多分、ヘイリア学園のものだったよね。なら、すぐに会えるだろうし」

ケイルが着ていた服を思い出しながら、少女はぼんやりと考える。

「丁度、護衛が欲しかったんだよねぇ……」

怪しげに笑う少女の横顔を、月明かりが照らしていた。

◆

朝目覚めた俺は、真っ先に鏡で自分の瞳の色を確認した。

「……よし。ちゃんと黒に戻っているな」

吸血鬼の眷属になった場合、その瞳は一時的に吸血鬼と同じように赤色に染まる。これが元の黒色に戻ったということは、俺の中の吸血鬼の血が薄くなり、眷属からただの人間に戻ったということだ。

亜人が生み出す眷属には、準眷属と正眷属の二種類がある。

今回、俺がなったのは準眷属の方だ。こちらは時間の経過と共に眷属化が薄れ、身体が元の人間に戻る。だが正眷属となった場合は二度と人間に戻ることができず、残る生涯を亜人の状態で過ごさなくてはならない。

（……正眷属にされなくて良かった）

一応、あの少女も俺のことを気遣っていたのだろう。もし正眷属にされたら、俺はもう人間の社会に戻ることができなかった。

（今思えば……なんで俺はあの時、あそこまで冷静だったんだ……）

結局、昨日の一件が何だったのかは分からない。

ただ、少なくともあの悪魔の男は、吸血鬼の少女を攫おうとしていたようだし、その障害となる俺に至っては殺すつもりだった。

俺は今まで、無能力であることから学園でそれなりに虐げられてきたが、あそこまで殺意を向けられたことはない。思い出せば膝が笑うほど恐ろしい出来事だった。だというのに――何故あの時は平気だったのだろう。

（吸血鬼の、眷属になったからか……？）

眷属になったところで、精神面に変化はないはずだ。

大体、吸血鬼の精神状態は人間と大して変わらないと聞く。

「兄さん、おはようございます！」

リビングに向かうとすでにミュアが朝食の支度をしていた。

おはよう、と返して朝食を食べる。

「兄さん、今日もサバイバル演習があるんですよね？　救急箱出しときます」

「……ありがとう」

能力の使えない俺が、サバイバル演習を無傷でやり過ごすなど不可能に等しい。

サバイバル演習とはすなわち、魔物の狩りを行うことだ。現在、世の中には魔物と呼ばれる危険な生物が跋扈している。学園の近くには魔物の住処となっている森があり、この森で演習が行われる。

森の魔物は学園が飼っていると言っても過言ではない。あの森に生息する魔物はいわば訓練用の魔物だ。生徒が魔物の狩り方を学ぶための教材である。

「それと、今日からまた私はギルドの方で仕事をしてきますので」

「わかった。……剣姫も大変だな」

「そんなことありませんよ」

剣姫。それがミュアの二つ名だった。

ミュアの能力は【素質系・剣】。素質系の能力は、努力を続けることによって特定の技能を人並み以上に極めることができるといった効果を持つ。ミュアの場合、その対象は剣だ。彼女には誰よりも剣の素質がある。

幼少期から剣を振り続けてきたミュアは、世界最強の女性剣士である称号——剣姫の二つ名を貰っていた。彼女の名を知らぬ者はこの国にはいない。剣士に限って言えば、世界中、ミュアのことを知らぬ者はいないだろう。

「それに、兄さんを養うためと考えれば、私もやる気が出てきます」

「いや、その……本当に申し訳ない。無理しなくてもいいんだぞ？　学園に行きながらでも、多少は働けるし」

「そんなことをする必要はありません！　兄さんは私に養われてもいいんです！　そして、いつかきっと、私に依存した兄さんは……ふふ、うふふっ」

怖い。声量を落としているところ申し訳ないが、全て聞こえている。

依存したらどうなってしまうのだろう。それが怖いから、できれば俺としても独り立ちをしたい。

家を出た俺は、城下町を登って学園に向かった。

ここは王都グランセル。アールネリア王国の中心部である。

グランセルは、世界でも特に種族間のいざこざが少ない平和な場所だった。種族戦争が終わった今も、地域によっては種族ごとに通行税の差があったり、一部種族の出入りが禁止されていたりするが、少なくともここグランセルでそうした光景は見られない。

そんな平和な都市グランセルの中心にある、王立ヘイリア学園は、今日も白亜(はくあ)の城さながらの豪奢(ごうしゃ)な外見を見せびらかしていた。王立というが、入学条件にこれといった制限があるわけでもない。単に、王国で一番大きな学び舎(まなびや)といった認識(にんしき)が正しい。でなければ落ちこぼれの俺は入学できないだろう。

ヘイリア学園は、観光客がこぞって足を運ぶほどの立派な見た目をしている。

だが、俺がその中に足を踏(ふ)み入(い)れれば――一斉(いっせい)に、嫌(いや)な視線を突きつけられた。

(朝から憂鬱(ゆううつ)だな……)

見た目は白亜の城でも、中にいるのは高潔な騎士(きし)とは程遠(ほどとお)い、幼い学生たちだ。

この学園には人間だけではなく、亜人も多数、所属している。そうした種族の垣根(かきね)を飛び越えてまで、俺に対する敵意が突き刺(さ)さった。

「よお、落ちこぼれ」

どん、と後ろから背中を蹴飛ばされ、俺は床に倒れた。

「ぎゃはは！　いい気味だな！」

「へっ、そんなところに立ってる方が悪いんだよ」

生徒たちが笑いながら去っていく。

無力だった。彼らにやり返すだけの力が、俺にはない。

（……吸血鬼の、力か）

昨晩の力があれば、彼らに仕返しできたかもしれない。

眷属というのも、悪くない。そう思ったが――。

（いや……どうせ眷属になったところで、結局は奴隷扱いだ）

眷属になったら力を得られるかもしれないが、その場合、眷属化の効果がきれるまで主の下僕である。人の身を辞めて力を得ても、立場が好転しないのであれば意味はない。

「おーっす、ケイル」

「ケイル、おはよう」

教室に入るなり、二人の男子生徒に声をかけられた。

俺もまた、二人に挨拶を返した。

「ああ、おはよう。ライオス、エディ」

短髪でがさつな男ライオスと、背丈が低くあどけなさを残す女顔の少年エディ。二人は俺のクラスメイトであり……俺にとっては大変珍しい、友人だった。

「昨日の実習、大丈夫だったか？　ケイル、また連中に狙われていただろ」

「ああ……さんざん痛めつけられた」

ライオスの問いに、俺は苦笑した。

「あーあ、ケイルも少しはやり返したらいいのにね」

エディが頭の後ろで両手を組みながら言う。

「やり返せたらそうしてる」

「今日もこの後、すぐに実習だよ？　休んだ方がいいんじゃない？」

「……いや、出るよ。学費がもったいない」

俺の学費は今、ミュアが払っているのだ。

無能な俺はただでさえ、誰かの助けによって今を生きている。その助けを無下に扱うことはできない。

「……いいんだな？　俺らが出張らなくても？」

ライオスが神妙な面持ちで訊いた。

助けてやろうか？　――暗に、そう告げているのだ。

俺はそんなライオスの問いに対し、頭を振った。

「いい。これは俺の問題だ。二人を巻き込むのは気が引ける」

「ま、お前がそう言うなら何もしねぇけどよ」

少し不満そうに、ライオスは唇を尖らせた。

二人は俺の友人だ。だからこそ――頼りたくない。

俺が他の分野で彼らに恩返しできるなら、それでいい。だが今の俺では、彼らに助けてもらうだけになってしまう。……それは依存だ。無償で何度も助けてくれるような人を友人として見ることはできない。それは親か、おとぎ話のヒーローくらいで十分だ。

ちなみにこれは余談だが――過去に一度だけ、ミュアが俺を虐めている連中に制裁を加えたことがある。これは俺が初等部の頃の話だが、当時から既に一流の剣士だったミュアは、並み居る生徒たちをバッサバッサと斬り伏せていった。このままでは学園が地獄と化すと判断した俺は、それ以降ミュアに「頼むからお前だけは手出ししないでくれ」と口酸っぱく言っている。本人は毎回不服そうにするが、流石に俺のせいでミュアを人殺しにするわけにはいかない。

まあ、最近はギルドの方が忙しいみたいで、彼女が学園に来ることは滅多にないのが救いだ。……俺としてはミュアにも学生生活を楽しんで欲しいが、いざ彼女が積極的に学園に通うとなると、それはそれで不安になる。

「ところで昨日、剣姫様が帰ってたんだろ？」

丁度ミュアのことを考えていると、ライオスが言ってきた。

ミュアは普段、ギルドの仕事で中々家に帰らない。昨日は本当に久々だった。

「ああ」

「ったく、羨ましいぜ。妹が剣姫様とか……いいなぁ、一緒に食事とかするんだろ？　何話してるんだよいつも」

「気色悪い質問するなよ。ただの世間話だ」

「世間話！　あーあー、いいなぁ！　剣姫様と世間話なんてできたら、俺はもう死んでもいいかもしれん！」

ライオスは自他ともに認める剣姫──つまりミュアのファンだった。

別に珍しいことではない。ミュアのファンは世界中に存在する。その剣の腕に見惚れた者と、その容姿に見惚れた者。あるいはどちらにも当てはまる者。ミュアの動向に注目する者は多い。

「でも、妙な話だよね。あの剣姫の兄が、未だに能力に目覚めてないだなんて」

エディが言う。

「普通、この年にもなれば、いつの間にか使えるようになってるもんな」

ライオスも頷いた。

「能力を発動さえしたら、仮に不発だとしても、そういう感触があるわけだしね。……発動条件のある能力って、そう多くもないよね？　例えば……模倣系の能力とか？」

「いや、ケイルはあんま模倣系の能力って感じ、しねぇぞ。剣姫様と血が繋がってるんだし、同じ素質系の能力なんじゃねぇの？」

「まあ順当にいけばそうだよね。能力の系統って、結構血筋で偏るし」

二人の会話を聞きながら、俺は昨晩のことを思い出す。

（昨晩のあれは……本当に、ただ眷属になっただけなんだろうか……？）

あの時――俺が吸血鬼の力を使った時、悪魔の男のみならず、俺を吸血鬼にした少女自身も何かに驚いているようだった。

俺も、あの時の万能感は不思議に思う。

あの得体の知れない感覚は、一体――。

「あ、そろそろ授業始まっちゃうよ」

エディが時計を見て言う。

そろそろ、俺の大嫌いな授業が始まる頃だ。

「――それでは、本日のサバイバル演習を始めます」

学園に隣接した森の入り口にて。

運動着に着替えた生徒たちの前で、学園の教師が言った。

サバイバル演習……ヘイリア学園の名物とも呼ばれている授業だ。

今の世の中、魔物を狩るという行為は何かと収入に繋がりやすい。

魔物はいつの世でも人を脅かしている。そのため、魔物の退治をギルドなどで依頼する人が絶えないのだ。だから学園では、生徒たちが将来食いっぱぐれないために魔物を狩るための術を教える。

しかしこの授業は俺にとって、地獄に等しい。

理由は二つある。

一つは、能力を使えない俺が単独で魔物に勝つのは厳しいからだ。

そして、もう一つの理由は――。

「ケイル！　昨日の続きをやろうぜ！」

三人の男子が目の前に現れる。

そのうちの一人は昨日、俺の背中を焼いた生徒だった。

(またか……)

サバイバル演習は広い森の中で行われるため、生徒たちは教師の監視から逃れることができる。だから、こういう質の悪い生徒が、日頃のストレスを発散させるべく俺を狙おうとするのだ。

「くそ……っ！」

とにかく逃げるしかない。

逃走する俺を、三人の生徒はずっとニヤニヤと笑いながら見ていた。

◇

「よーし、的当ての時間だ。逃げろ逃げろ」

「お、おい。ちょっと待て。あいつの逃げる先って……」

「ん？　……ははは！　やべぇとこに行きやがったな」

三人の生徒は下卑た笑みをこぼした。

視線の先にいるケイルは、脇目も振らずにどこかへ逃げている。

その先に、何が待ち構えているかも知らずに。

「あーあ、あいつ……俺たちが何もしなくても死ぬんじゃないか？」

◆

生徒たちから逃げ続けた俺は、ふと周囲が暗くなっていることに気づき、足を止めた。

（しまった！　ここは――深層かっ⁉）

植物の色が濃くなっている。

あたりの土に生徒の足跡は見当たらず、枝葉の天蓋は陽光をほとんど遮っていた。

この森には浅層と深層、二種の領域がある。

通常、学生が実習で使うのは前者の方だ。だが俺は逃げることに必死になるあまり、後者の深層まで来てしまったらしい。

深層に生息する魔物は強敵ばかりだ。

まずい。魔物と接触する前に、早く浅層に戻らなくては。

深層の魔物と戦うくらいなら、生徒同士の争いの方が百倍ましだ。

その時――。

（あれは……生徒か？）

視界の片隅に、人影が映った。

見れば、一人の女子生徒が、獅子のような魔物――ブラスト・タイガーと対峙している。

ブラスト・タイガーは強敵だ。生徒一人で太刀打ちできる魔物ではない。

魔物は雄叫びを上げて、少女へ突進した。

「危ないっ！」

思わず叫ぶ。しかし、

――大丈夫。

少女の唇が、そう呟いた。

刹那――少女の体躯が宙を舞う。

地を蹴り、駆け出したその四肢は樹木を滑り、瞬く間に魔物の頭上にたどり着いた。

軽やかに身体を翻し、少女の踵がブラスト・タイガーの頭蓋に落ちる。

バゴン、と大きな音とともに、魔物が地面に横たわった。

「す、凄い……！」

一撃。たった一度の攻撃で、ブラスト・タイガーを倒した。

それも武器を使っていない。少女は体術のみで戦っていた。

魔物を倒した少女が、ゆっくりとこちらに近づいてくる。

「一人でここまで来るなんて、自殺願望者？」

「い、いや、そういうわけじゃないが……というか、一人なのはそっちも同じだろ」

「私は強いから大丈夫」

少女が言う。確かに、その通りだ。

今、場違いなのは俺一人である。

その少女は側頭部から獣の耳が生えていた。更に腰の方からは尻尾も垂れている。

――獣人。

先程の身体能力の高さも獣人なら納得できる。膂力が強いのは獣人の種族特性だ。

耳と尻尾はどちらも可愛らしい。彼女は猫科の獣人だろうか。

「虎よ」

こちらの考えを見透かしたかのように少女が言う。

少女は長い金髪の左右を黒いリボンで結んでいた。赤みがかった茶色の瞳は鋭く、背丈は少し高めである。

「じろじろ見ないで」

「ああ、ごめん」

考え込んでいる内にじろじろと見つめてしまったらしい。

「ケイル＝クレイニアだ」

「アイナ＝フェイリスタン。虎の獣人よ」

名を告げたアイナは、ふと目を細めた。

「クレイニアって……」

「……察しの通り、剣姫ミュアの兄だ。聞いたことくらいあるだろう？　剣姫の兄は、能無しの落ちこぼれだって」

「ええ」

特に気まずそうにすることもなく、アイナは頷いた。

その堂々とした態度に、逆にこちらが気まずさを感じていると……アイナが唐突に、くんくんと鼻を利かせて近づいてくる。

「お、おい……？」

鼻先数センチの所にまで迫ってくるアイナに、動揺を隠せない。

「貴方……吸血鬼の眷属だったの？」

「え？」

「匂いがする。吸血鬼……それも純血の」

獣人は五感が鋭いというが、その通りらしい。

「純血に見初められるなんて、貴方、実は凄い人だったりする？」

「いや、そんなことはないが……」

吸血鬼に限らず、純血の亜人は、混血と比べて種族特性が強力である。

種族特性が強力であるということは、それだけその種族の中で、高い地位に君臨できるということだ。つまり純血の亜人は大抵、格式が高い。人間社会における貴族のようなものである。

「前々から疑問に思っていた。あの剣姫の兄が落ちこぼれだなんて、怪しいって」

無表情を崩すことなくアイナが言う。

「だから試す」

「は？」

「私の眷属になって」

アイナの言葉に、俺は暫く呆然と立ち尽くした。

「……試すと言っても、眷属になるだけじゃ、何も分からないだろ」

「私の眷属になった後、一緒にあれを倒して欲しい」

アイナは無言である方向へ指を差す。

そこには三匹の、サイス・モンキーという魔物がいた。尾が刃になっている猿型の魔物だ。図体は先程のブラスト・タイガーの方が断然大きいが、サイス・モンキーは的が小さい上に動きが素早く、更に一撃の殺傷力も高い。加えて複数で行動するという厄介極まりない性質も持っている。

確かにあれは、アイナ一人では難しいだろう。

しかし――。

「……俺が吸血鬼の眷属になったのは、ただの成り行きだ。期待しているところ申し訳ないが……アイナの眷属になったところで、俺は戦力外だ」

「そんなことはない。眷属の強さは主の強さに比例する。私は他の獣人よりも多分強いから、たとえ貴方が本物の落ちこぼれだとしても、私の眷属になった時点で十分戦力になる筈」

そう言って、アイナは自らの爪で、親指の先を軽く刺した。

その後、アイナはすぐに俺の手を握る。

「お、おい⁉」

「獣人の眷属の作り方は、同じ箇所に傷をつけ、それを重ねること。……勿論、準眷属にするから、貴方を必要以上に拘束する気はない」

アイナが俺の親指の先も同じように傷つける。

それから、こちらの意思を確認するかのように、無機的な瞳で俺を見据えた。

「……分かった」

揺るぎない瞳に射貫かれ、首を縦に振る。

口には出さないが、丁度俺も亜人の力を確かめたいと思っていたところだ。無能力者である俺はこの先、ひょっとしたら亜人の力を頼りにすることが多くなるかもしれない。

アイナの親指と自分の親指を重ね合わせる。

「――がッ⁉」

眷属となる前兆が身体に現れた。

自分のものではない、新たな力が体内に浸透していく。

昨夜のように身体が熱く煮え滾った。

五感が吸血鬼の時以上に強化される。風にそよぐ草の音がうるさいと思えるほど聴覚が鋭くなった。肉体にも変化が訪れる。爪が急速に成長を遂げ、なんだか無性に大地を駆け回りたい衝動に駆られた。

（二日連続で……しかも、違う種族の眷属になるとは……）

思わず苦笑した。

奇妙な日々が続いている。こんな経験、もう二度とないだろう。

「それじゃあ、一緒に狩りましょう」

「……ああ」

吸血鬼の眷属となった時と同様、不思議と思考がクリアになっていた。

獣人の特徴だろうか？

暴れ回りたいという物騒な欲求が、胸中で沸々と燃えている。

（……やっぱり、眷属化には何らかの精神作用でもあるのか？）

少し前までは、とにかくこの場から去りたいとしか思っていなかったのに、今はそうでもない。むしろ――戦いたいとすら思っている。

「キキィィィィィイ！」

サイス・モンキーが一斉に飛びかかってくる。

俺はそれを右に避けようとして――急に景色が霞んだ。

「な――ッ⁉」

尋常ではない速度で走る。まるで瞬間移動でもしたような気分だ。

突如、目の前に現れた木に、俺はすぐに方向転換した。

「これが、獣人の身体能力――っ⁉」

獣人特有の強靭な身体を持つ今の俺にとっては、大した痛みでもない。

気を取り直してサイス・モンキーに接近する。
（昨日の、吸血鬼の時と同じだ……！）
疾駆しながら考える。
（力の使い方が——分かるッ!!）
サイス・モンキーが尾を振り回す。
迫る刃を紙一重で避けた俺は、そのまま右腕の指先に力を入れた。
爪が十センチほど伸び、刃物の如く鋭利になる。
「ハアッ!!」
サイス・モンキーの胴を爪で薙いだ。
ズプリと魔物の肉に沈んだ爪が、すぐその身体を切断する。
まずは一匹。
そうしている間に、アイナも一匹倒していた。
残り一匹は——。
「ケイル、上！」
アイナが叫ぶ。
すぐに視線を頭上に向けると、サイス・モンキーが尾を振りかぶりながらこちらへ落下していた。

刹那、サイス・モンキーの尾が閃く。

俺はそれを――。

「――遅い」

二本の指で、挟んで止めた。

獣人の眷属になったことで、優れた動体視力を手に入れた今の俺なら、サイス・モンキーの素早い動きにも対応できる。

俺は空いた片方の手で、魔物の首を優しく握った。

「悪いな」

ポキリと骨を折る。

サイス・モンキーはぐったりとして、動かなくなった。

「……貴方」

アイナが眦鋭くこちらを見ていた。

直後、その姿が消える。

横合いから、アイナの豪腕が迫った。それを辛うじて目で追うことができた俺は、驚愕しつつも突き出された拳を受け止める。

「……どういうつもりだ？」

「……」

アイナは無言で身を翻し、上段蹴りを放った。空気を割って放たれるその一撃は、おそらく俺の両腕を重ねても防ぎきれない。膝を曲げ、屈むことで蹴りを回避する。

アイナは更に爪を伸ばし、俺の首筋目掛けて斬撃を放った。

その爪が、俺の首に届くよりも早く――手首を強引に掴み、動きを止める。

アイナが両足に力を入れ、拘束を解こうとした。

放さない――放したらまた攻撃される。

「……もういい」

暫く硬直状態が続いた後、アイナがそう呟いた。

警戒しつつも腕を放す。アイナはもう、襲いかかってこなかった。

「……貴方、異常ね」

「異常？」

「まさか……自覚がない？」

アイナが訝しむ。

「いくら私の眷属になったからといって、そこまで強くなるなんてありえない」

それは――少しだけ自覚していた。

俺もおかしいとは思っていた。眷属になり、亜人の種族特性を手に入れたからといって本来ならそう簡単に使いこなせるものではない。

だが俺は、何故かそれをうまく使いこなせている。

(まさか、これが俺の能力なのか……?)

だが、眷属になった時だけ発動する能力なんて、聞いたことがない。

大体そんな――「人間を辞めろ」とでも言わんばかりの能力が、ある筈ない。

「念のため訊くけれど、貴方、過去に獣人の眷属になったことは?」

「……ない」

「でしょうね。そんな臭いしなかったし」

昨晩、吸血鬼の少女にもされた問いだ。

要するに俺が眷属としての戦いに慣れすぎているから、これまでにそうした経験があったのか気になったのだろう。

「……見つけた、かもしれない」

アイナが小さな声で、何かを呟いた。

「また今後、声をかける」

アイナは最後にそう言って、すぐに立ち去った。

身軽に木々の上を飛び移っていくその後ろ姿を、俺はただ呆然と見送った。

(なんだったんだ……結局……)

◆

アイナによって、獣人の眷属となった翌日。

元の人間に戻った俺は、学園で軽く尋問(じんもん)を受けていた。

「お、お前！　アイナさんと会ったのか⁉」

ライオスが興奮気味に言う。

どうやら――あのアイナという少女、学園でも相当有名な人物だったらしい。

その立ち位置は一言で言うと、俺の妹である剣姫と同じだ。

実力が高く、更に容姿が抜群(ばつぐん)に整っていることが原因みたいだが――。

「アイナさんはなぁ！　会おうと思っても中々会えねぇ神出鬼没(しんしゅつきぼつ)な人なんだぞ！　それをお前、演習で二人っきりの時に会うなんて、奇跡(きせき)もいいところだ！」

「そんなにか……」

最早、都市伝説のように扱われている。

「獣人たちの間では崇拝されてるよね。家柄は普通みたいだけど、実力があるし。……アイナさんは実質、この学園にいる獣人たちの頭みたいなものだよ」

確かにアイナの実力は高かった。先日も自分自身で「私は他の獣人よりも強い」と言っていたが、それも納得の強さである。並の魔物では彼女に傷をつけられないだろう。

「わかったぞ、ケイル！　お前の能力が！」

ライオスが言った。

「お前の能力は、【素質系・たらし】だ！」

「流石にそんな能力はないだろ」

「ていうかそれ、単にライオスが欲しい能力だよね」

俺とエディが冷めた目でライオスを睨む。

あと別にたらしていない。少しいざこざはあったが、友好を深めたわけではないのだ。

「席につきなさい」

担任教師が教壇に立って言う。

大人しく生徒たちが着席する中、ライオスは恍惚とした様子でその教師を見た。

「うむ。今日も麗しいな、エリナ先生は」

「お前、ほんと節操ないよな」

腕を組んで頷くライオスに、思わず突っ込みを入れる。

エルフの女教師であるエリナ先生は、今日も美しい金髪で男子生徒の目を釘付けにしていた。元々エルフは容姿が優れている種族としても有名であり、俺たち人間にとってはエルフというだけで全て美人に見えてしまうほどである。

クールビューティーと定評のあるエリナ先生の得意技は、眼光一つで教室の喧騒を収めることだ。エリナ先生がギロリと教室を見渡すと、それだけで生徒たちは着席し、唇を引き結んだ。

そんな、麗しのエリナ先生の第一声は――。

「突然のことですが、今日から転校生が一人、この教室にやってきます」

本当に突然のことだった。

教室がざわめく。エリナ先生の眼光も、流石に今は通じなかった。

「転校生って、まだ五月だよな」

「タイミングがおかしいよね」

ライオスの呟きにエディも頷く。

エリナ先生がコホンと咳払いし、生徒たちの注目を集めた。

「元々その生徒は、皆さんと同じく春先にこの学園へ来る予定でしたが、家庭の事情で少し遅れてしまったようです。……一ヶ月とは言え、皆さんの方が先にこの学園で過ごしていますから、できるだけ助けになってあげてください。……では、クレナさん。どうぞ」

先生の呼びかけに応じて教室の扉が開かれた。

教室に入って来たのは小柄な少女だった。肩までかかる青みがかった銀髪はふわふわにカールしており、瞳は紅に染まっている。

（おい、嘘だろ……）

見覚えのある少女だった。

少女は誰かを探すような仕草で教室を見渡した。その瞳が俺の方を向くと同時に、少女は微笑を浮かべる。

「えっと、クレナ＝B＝ヴァリエンスです！　見ての通り吸血鬼です！　どうか私のことはクレナと呼んでください！　これからよろしくねっ」

少女クレナは、可愛らしい笑みと共に自己紹介を締めくくる。

その仕草に一体何人の男子生徒が魅了されたであろう。転校初日にしてクレナに男子生徒の視線が釘付けとなった。

「お、おぉ……結婚してぇ……！」

「君、本当に節操ないよね」

ライオスの発言に、エディが溜息をこぼす。

「ていうか……今、ヴァリエンスって言った？」

エディが呟く。

その疑問に答えたのは、エリナ先生だった。

「クレナさんの家系であるヴァリエンス家は、吸血鬼社会における貴族に該当します。もっとも、ヘイリア学園では学生を身分で差別しない決まりですから、特別扱いをする必要はありません。クレナさんも、この点に関しては同意していただけますね？」

「勿論です」

クレナは微笑を浮かべて頷いた。

どうやら——クレナは吸血鬼における貴族だったらしい。

ヘイリア学園には、身分制度による上下の格差を持ち込まないという決まりがある。なにせこの学園には、あらゆる種族の生徒が在籍しており、更には権力者たちの子息令嬢も少なくはない。外の社会と同じように身分制度を取り扱ってしまうと、学園の人間関係が混沌と化すのは火を見るよりも明らかだ。

とは言え、貴族は教師の目を盗んで、なんだかんだ権力を盾に好き放題するし、平民も隙あらば貴族に媚びを売って甘い蜜を吸おうとする。エリナ先生の発言により、格式の高さを示してしまったクレナは、これから多くの生徒に媚びへつらわれるだろう。

（この前の、眷属化のことは気になるが……当分、関わらない方がいいな）

学園内で唯一の無能力者である俺は、ただでさえ悪目立ちする。俺とクレナに接点があると気づかれると、間違いなくやっかみを受けるだろう。

エリナ先生に宛てがわれたクレナの席は、幸いなことに廊下側だった。窓際後ろから二番目に陣取っている俺にとっては、席が離れているのは好都合だ。

HRが終わると同時、クレナは早速、近くの生徒たちからの質問攻めにあっていた。

楽しそうに質問に答えていくクレナを、俺は無言で眺める。

「ねえ、ケイル。もしかしてクレナさんと知り合いなの？」

不意にエディが訊いてくる。

「なんでそう思うんだ？」

「だって、さっき一瞬だけ目が合ってたから」

「気のせいだろ」

適当にあしらいつつも内心ではヒヤヒヤしていた。エディの観察眼は人一倍鋭い。多分誤魔化しきれていないだろう。

その後、授業の合間にある休み時間も、クレナは周りの席にいる生徒たちと仲睦まじく談笑して過ごした。

いっそこのまま、何事もなく一日が終わればいいと思っていたが――。

「――ケイル君！」

昼休みが始まったと同時。

クレナが満面の笑みで声をかけてきた。

教室に冷たい静寂が満ちる。それまでクレナと仲良くしていた生徒たちは気まずい顔をしていた。どうやら彼らは、クレナが俺に声をかけることを良く思っていないらしい。

（……他人のフリでもするか）

穏便にやり過ごしたい。できるだけ他人行儀な笑みを浮かべて応える。

「はい、なんでしょうか」

「？　なんで敬語？　この前は普通に喋ってたじゃん」

きょとんとした顔でクレナが言う。

どうやら彼女は、俺と知り合いであるという事実を隠す気はないらしい。

一昨日の出来事はどう考えても学生の手に余ることだった。あれを詮索されたくなければ普通、初対面を装う筈だが……どうも、そこまで考えていないように見える。

「……用件は？」

「よかったらこの学園の案内をしてくれない？」

その提案に、周りで盗み聞きしていた生徒たちがぎょっとした。

「あ、あの！　もしよろしければ僕が案内しますが！」

「そうです！　そんな落ちこぼれより、俺の方が――」

上ずった声で、傍にいた男子生徒たちが言った。よく俺を虐めている生徒である。

「ごめんね。私、ケイル君に案内してもらいたいから」

クレナが申し訳なさそうな声で謝罪した。

また面倒なことになったなぁ――と、俺は深く溜息をこぼした。

◆

「落ちこぼれって、ケイル君のこと？」

教室を出た後、クレナはすぐに質問した。

「ああ」

「ふーん。……能力が使えないって話、嘘じゃなかったんだ」

「……知ってたのか」

「隣の席の人が教えてくれた。ケイル君は落ちこぼれだから、あんまり近づかない方がいいって。下手に近づくと変な目で見られるとか色々……」

聞いてて辛い……。

「……で、本当は何の用なんだ？」

居たたまれない気分になった俺は、早めに本題を切り出してもらうことにした。

しかしクレナは、何を言っているのかよく分からないとでも言いたげな顔で
「だから、学園の案内をして欲しいんだけど」

「は？」

目を見開いて驚く俺に、クレナはこちらの意図を察したのか、唇を尖らせる。

「一応言っとくけど、今朝エリナ先生が言っていたことは全部ほんとだよ？　元々この学園には最初から入学するつもりだったんだけど、諸事情で時期が遅れちゃったの」

「じゃあ別に、この前の夜のことが原因で、俺を呼び出したわけではなく……」

「まあそれもあるけど」

あるのかよ。

「とにかく、私がこの学園でケイル君と再会したのは、全くの偶然なの！　というわけで

「まずは案内をお願い！　私、この学園に通うのをずっと楽しみにしてたんだから！」

考えてみれば、別に俺たちの再会は不自然というわけでもない。ヘイリア学園は、王国で最も規模の大きい学園である。彼女が王都グランセルに住んでいるのであれば、この学園に通うことになるのも自然な流れだ。

「……分かった」

キラキラと目を輝かせて頼むクレナに、俺は断ることができなかった。

取り敢えず、今はあの夜のことを話題にする気がないらしい。

視線を左右に揺らし、楽しそうにするクレナを連れて、俺は校舎の一階に向かう。取り敢えず、近いところから順に案内することにした。

「ここが購買だ。各校舎の一階では弁当を売っている」

「うわー……人が殺到してるね」

「まあ今は丁度、昼休みだからな。売り切れるのも早いから気をつけた方がいい」

次に、俺たちは渡り廊下を歩いて本館へと向かった。

「ここは本館だ。一階には食堂、二階には職員室、三階より上には図書館がある」

「へー、図書館かぁ。ケイル君は本読むの？」

「一時期は読んでいたが、今はあまり読んでないな」

昔は能力を開花させる方法を調べるために、色んな本を読んでいた。だが、結局どれも参考になることはなく、やがて俺は図書館に足を運ぶのを止めた。

「あれ、本館って地下もあるの？」

食堂の入り口の脇に、地下へ向かう階段を見つけ、クレナが訊いた。

「地下には演習場がある。基本は授業で使う場所だが、昼休みや放課後は生徒が自由に使える。……訓練がしたくなったら利用すればいい」

「……そう言えば、ヘイリア学園って結構スパルタなんだっけ？　魔物を倒すための訓練がキツいって聞いたことある」

「人によってはスパルタかもな。……実際、退学する人もそれなりにいる」

話しながら、本館の廊下を突き抜けて外に出る。

その後も、俺はクレナに学園を案内した。中庭を紹介し、ついでに初等部と中等部の校舎も紹介し、更にグラウンドを軽く見渡したところで、クレナは満面の笑みを浮かべる。

「うんうん……いいなぁ、想像してた通り！　とっても楽しそう……っ！」

グラウンドで遊んでいる生徒たちを眺めながら、クレナは言う。

「そうか？　普通だろ」

「その普通が私にとっては嬉しいの」

そんなクレナの言葉に、俺は疑問を抱いた。

「クレナは今まで、こういう……学園みたいなところには通ってなかったのか？」

「……うん、今まではちょっと、特殊な環境で育ってきたから」

視線を落としながらクレナは答えた。

「ケイル君。最後に、落ち着いて話せる場所に案内してくれない？　できれば人がいないところがいいかな」

それまでと違い、真面目な態度で告げるクレナ。

俺は「ああ」と短く肯定し、彼女を連れて高等部の校舎に戻った。

「おぉー……いい景色」

高等部校舎の屋上は、昼休みでも人がいなかった。日差しを遮る陰がないため、屋上に長くいると体温が上がってしまうのが原因だ。

「ここなら落ち着いて話せるし、人もいない」

「うん。……そろそろケイル君には、事情を説明しておかないとね」

クレナが言う。

漸く、あの夜のことを話してくれるようだ。

「私がこの学園に入学するのは、本当は春先だったたって話はしたよね？」

「ああ。確か、家庭の都合で遅れたんだったか」

「そう。正確には、家庭というより私個人の都合かな」

クレナは複雑な面持ちで語る。

「あの夜、私たちを狙っていた悪魔の男がいたよね？」

「ああ」

「あの男は、アルガード帝国の狗なの」

クレナの言葉に、俺は目を丸くする。

アルガード帝国は強大な軍事国家であり、その領土はここ、アールネリア王国に隣接している。軍事色の強い帝国は、亜人に対するスタンスが王国と比べて厳しい。亜人全体を排斥しているわけではないが、軍事力を持たない種族が冷遇されているのだ。例えばドワーフや妖精など、戦いが苦手な種族にとっては居心地の悪い国である。

「狗って、どういうことだ」

「うーん……軍人と言えばいいのかな。でもただの軍人ではなく、世間一般には認められていない汚れ仕事を請け負っている。そういう、特殊な部隊にいる人たちのことだよ」

クレナを攫おうとしたばかりではなく、何も知らない俺も殺そうとしたのだ。確かに真っ当な軍人とは言えないだろう。

「帝国軍は今、亜人の血を求めているの。……特種兵装(とくしゅへいそう)って聞いたことない？」

「……昔、少しだけ噂(うわさ)になっていたな。種族特性を利用した兵器だったか。確か、種族戦争の末期に人間が開発を始めたが……結局完成する前に戦争が終わり、計画ごとお蔵入(くらい)りになったとか。……でもあれは都市伝説だと聞いたぞ」

「伝説じゃなくて、ちゃんと実在しているよ。そして帝国は今も、秘密裏(ひみつり)にその開発を続けている」

クレナは一拍(ぱく)置いて説明を再開した。

「特種兵装の材料は、亜人の血……特に、王家の血が好ましいとされている。だから帝国軍はそれを求めて、私を追っているの」

「……じゃあ、クレナは吸血鬼の王族ということか？」

「分家だけどね。私はB(バートリ)の血統だし。今の本家はT(ツェペシュ)の血統だから。……まあ、帝国にとっては分家も本家も関係ない。彼らは王家の、しかも純血の血を探し求めているの。つまり私は、彼らにとっては何としても手に入れたい素材ってわけ」

「素材って……」

悲観的な物言いだが、事実だ。彼女は兵器の材料に使われようとしている。

「まあ要するに……アレに襲われたせいで、入学の手続きも遅れちゃったんだよね。ほんとは四月の入学式に間に合う筈だったんだけど、道中で何度も襲われたから予定が狂っちゃった。……まさか、王国に入ってからも追ってくるなんて思わなかったよ……」

「……そう言えば、クレナは元々どこに住んでいたんだ？」

「帝国の隣にある吸血鬼領」

人間にとってはあまり馴染みのない場所だ。

種族戦争が終わり、種族による差別は減ったが、現実問題、国や都市で複数の種族の在住を許可すると、様々な問題が生じてしまう。例えば街のインフラ整備だ。人間は基本的に石や木でできた家で過ごすが、妖精や獣人は自然の中で暮らすことを好む。また人間は地上の道路さえあれば移動に困らないが、吸血鬼などは空を飛んで移動することができるため、空路にも気を遣わねばならない。

こうした問題は譲り合いの精神によって解決となる場合が多い。自分たちが他の種族に合わせるか、それとも他の種族が自分たちに合わせるか、だ。それを許容できない者たちは自分たちの種族だけしか過ごせない、閉鎖的だが快適な集落を生み出す。

吸血鬼領は文字通り、吸血鬼だけが住んでいる集落である。クレナは以前までそこに居を構えていたらしい。

「帝国の隣か……じゃあクレナは、帝国軍から逃げるためにこの学園に来たのか？」

「半分はそう。でも、もう半分は私の意思」

　クレナは微笑みながら補足する。

「さっき、私は今まで特殊な環境で育ってきたって言ったよね」

「……ああ」

「分家とは言え王様の血を継いでいる私は、吸血鬼領にいる間、それはもう蝶よ花よと育てられてきたの。でも私にはそれが性に合わなかった。家柄とか種族とか、そういったしがらみを無視して、自由に生きたいと思ったの。だから——ここに来た」

　クレナは楽しそうに語る。

　確かに、身分の束縛から解き放たれたいなら、王立ヘイリア学園は丁度いいだろう。ここにいる生徒たちは皆、平等に扱われる。

「……まるで、外の世界に憧れるお姫様みたいだな」

「お姫様なんて柄じゃないけどね」

「それは知ってる」

「なにをーっ!?」

　子供みたいに喜怒哀楽が分かりやすい少女だ。思わず口角が吊り上がる。

「そう言えば……亜人は確か、王族だとかなり強いんだよな。あと、純血も種族特性が強くなるって聞いたことがある」

「そう！　だから両方備え持っている私はかなり強いよ？　……まあ王族は大体純血なんだけど」

「そのわりにはお前、あの夜、普通に負けてなかったか？」

「あ、あの時はお腹が空いてたから仕方ないのっ！　ほんとはもっと強いんだから！」

腹が減ったら力が出ないとか、そういう性質なのだろうか。

それはそれで、強者感がないというか……。

「私も、ケイル君に説明して欲しいことがあるんだけど」

クレナがまっすぐ俺を見据えた。

「眷属になったのは、あの時が初めてだったんでしょ？　ならどうして、あそこまで吸血鬼の能力を上手く扱えたの？」

「知らん。できると思ってやったら、本当にできただけだ」

「『血舞踏』は、吸血鬼でも滅多に扱える人がいない。それほど高等な技術なのに、どうしてケイル君はそれを簡単に発動できたの？」

「だから知らん」

「本当は何か隠してるんじゃないの？　実はかつて、吸血鬼の眷属として数々の戦場を駆け巡ってきたとか……」

「ないない」

「実は初めから人間じゃないとか」

「ないない」

「……むぅ」

　期待した回答がひとつも返ってこなかったのか、クレナは不満気な顔をした。

「悪いけど、本当に知らないんだ。ただ……自覚はしてる。眷属に適性というものがあるのかは知らないが、もしあるんだとしたら、多分俺はそれが高いんだろう」

「眷属に適性ねぇ……聞いたことないけど」

「あるとしたら、って言っただろ。それにこれは吸血鬼限定じゃないみたいだ。昨日、獣人の眷属にもなったんだが、その時も俺は異常だったらしい」

「は？」

　クレナが顔をしかめた。

「ケイル君……獣人の眷属にもなったの？」

「あ、ああ。ほんの少しの間だけどな」

　そう言うと、クレナは頰を膨らませて不満気な顔をした。

「ふぅん…………ちゃんと唾つけといた方が良かったかな」

何かを呟いた後、クレナは俺の方を真っ直ぐ見る。

「ケイル君。折り入って提案があるの。——私の護衛になってくれない？」

「……護衛？」

「さっき説明した通り、私は帝国に狙われている。だから、少しでも頼りになる味方が欲しいの」

「……自前で用意できないのか？　一応、王族なんだろ？」

そう訊くと、クレナは落ち込んだ様子を見せた。

「……実は私、殆ど内緒で吸血鬼領を出てきちゃったから……今は一人も護衛を連れていないの」

「内緒って……」

「そうでもしなくちゃ、抜け出せなかったからね。……でも、そのせいで今は頼れる人がいない。……ケイル君以外は」

真っ直ぐ、クレナは俺の方を見て言う。

だが、俺はその目を正面から見ることができなかった。

「……なんで俺なんだ」

「それは勿論、ケイル君が強いからだよ」

その答えに、俺はつい笑ってしまった。

「俺は落ちこぼれだぞ？　この年にもなって未だに能力が開花していない人間だ。……そんな大切なこと、俺なんかに頼るべきじゃない」

クレナの語った事情は、今まで普通の学生として平和に過ごしてきた俺にとって、あまりに唐突で、現実味のない内容だった。

――荷が重い。

それが正直な感想だ。しかし、

「そんなことないよ」

クレナは真面目な顔で言う。

「だって、私の眷属になった時のケイル君は……本当に強かった。ケイル君はきっと自覚してないと思うけれど、初めての眷属化であれだけ戦えるなら……大抵の敵には負けないと思う。私は、ケイル君しかいないから、ケイル君に頼んでいるわけじゃない。ケイル君じゃないとできないと思ったから、頼んでるの」

真剣に告げるクレナに、俺は唇を引き結んだ。

返事は既に決まっている――筈だった。

こんな危険なことに首を突っ込む気はない。しかし、クレナの尋常ではない様子を見ると胸がざわつく。彼女が抱えている事情の重さは、俺には計り知れない。

(見捨てるのか……?)

ここで彼女を見捨てると、俺は今後、後ろめたい気持ちを抱えながら生き続ける羽目になるのではないか?

それに、吸血鬼の力は俺にとっても魅力的だった。

学園で陰口を叩かれている時。或いは、サバイバル演習で虐めにあった時。俺に、あの力があれば——そう思ったことも少なくはない。

しかし——。

(……ミュア)

妹の、屈託のない笑みを思い浮かべる。

両親が蒸発した今、ミュアの家族は俺一人だ。彼女を心配させるわけにはいかない。

「ほ、報酬を、用意しますっ!」

考え悩む俺に、クレナは断られる予感がしたのか、焦った様子で言った。

「一日につき金貨五枚! ど、どう? 学生にしては、かなり破格だと思うけれど……」

「それは……確かに大金だが、そんな金用意できるのか?」

「ふふん、これでも王族だからね。その程度なら余裕で用意できるよ。……ママが！」

胸を張って言うクレナに俺は冷めた視線を注いだ。

しかし――一日で金貨五枚。これなら十日もあれば俺の分の学費を支払えるし、更に日頃の生活費も俺の方で賄える。

つまり、ミュアの負担を減らせる。

それは俺にとって強い決定打になった。

「……分かった。引き受ける」

提案を承諾すると、クレナは「よしっ！」と喜んだ。

「具体的に、俺はいつまでクレナの護衛であればいいんだ？」

「うーん、できれば帝国の問題が解決するまで、と言いたいところだけど、ひとまず私が狙われないようになるまでかな。帝国だって何度も刺客を差し向けるわけにはいかないだろうし。こっちがずっと抵抗していると、向こうもそのうち諦めてくれると思う」

クレナの考えを聞き、「分かった」と頷く。

「そう言えば、あの悪魔の男はどうなったんだ？」

「おかげさまで取り逃がしましたけど。……また狙われたらケイル君のせいだからね」

クレナが冷ややかな視線を注いでくる。

「しかし流石に、殺すのは嫌なんだが」

「うん……それについては私の方が妥協する。ケイル君にも守りたい日常があるもんね」

「その台詞は、俺を眷属化する前に言って欲しかったな」

「……ごめんなさい」

気まずそうに目を逸らすクレナに、俺は苦笑する。

彼女の不幸な境遇を知った手前、これは不謹慎かもしれないが……俺は少しだけ浮き立つような気分だった。

クレナと出会ってから、俺の中で何かが変わったような気がする。

誰よりも停滞していた俺にとって、その変化はとても心地よいものだった。

吸血鬼の護衛を任されて、早一週間が経過した。

家で朝食をとった俺は、学園よりも先に、近くにある宿屋へと向かう。

「あ、ケイル君！　おはよ！」

「ああ……おはよう」

護衛が始まってから、俺は毎朝学園へ行く前に、クレナが泊まっている宿屋へ寄って彼女を迎えていた。帝国軍の襲撃によって忙しかった彼女は、まだ自分の住む家すら見つかっておらず、当分は宿で過ごすことを予定しているらしい。

「じゃあ行こっか！」

ヘイリア学園の制服を着たクレナと共に、学園へと向かう。

「今のところ、襲撃はないな」

石畳の道を歩きながら、小声で言う。

「うん……でも油断はしないでね。丁度あの日の夜も、こんな風にのんびり過ごしているところを襲撃されたんだから」

クレナの忠告を素直に聞き入れる。

「えへへ」

不意にクレナが笑った。

「なんだよ、急に」

「ええと、その……ケイル君がここまで真剣に護衛してくれるとは思わなかったから、ちょっとだけ嬉しいの」

「……一日につき、金貨五枚も貰うわけだからな。流石に責任感も湧くだろ」

やや照れ隠しのような言葉を口にしてしまった。

それでもクレナは笑みを浮かべたままだった。

やがて学園の校舎が見えた頃。俺はゆっくりと歩く速度を遅くしながら口を開いた。

「そろそろ別れておくか」

この道を進めば大きな通学路に出る。つまり、多くの学生と鉢合わせることになる。

「あのさ、前も言ったけど……別に私たち、一緒に登校してもいいんじゃない？」

「……いや、駄目だ。ただでさえ俺は悪目立ちしてるんだから、これ以上注目を浴びると護衛もやりにくくなる」

「……むぅ」

　クレナが不満そうな顔をする。だが、これは譲れない。

　本人は気づいていないが、俺がクレナと共にいると色んな生徒に嫉妬されるのだ。俺がトラブルに巻き込まれると、それだけ護衛もやりにくくなってしまう。

　クレナは唇を尖らせたまま、仕方なく俺の前を歩き出す。

　案の定、通学路に出るとクレナは色んな生徒に声をかけられた。明るく挨拶を返すクレナの背中を見守りながら、俺ものんびり学園に向かう。

「おはよー！」

　クレナが教室に入った後、明るい声が響く。その声を聞いて俺も教室に入った。

　明るい笑顔で色んな人に挨拶して回るクレナを傍目に見つつ、自分の席に座る。

「クレナさん、すっかり人気者だね」

　席に座った俺に対し、いつの間にか傍にいたエディが声をかけてきた。

「そうだな。……ところでライオスは？」

「ああ、彼ならあそこに」

　エディが廊下の方を指さす。

　そこでは、クレナが十人近くの男子に囲まれていた。男子たちは胸に手をやり、何やらクレナの騎士であるような所作で膝をついている。その中にライオスの姿があった。

「……なんだあれ？」

「クレナさんのファンクラブ。本人たちは親衛隊とか近衛騎士団とか言ってるけれど」

「転校一週間でか。まあ、あの見た目なら分からなくもないが……」

クレナは明るくて屈託がないため、誰にでも好かれる性格だ。それでいて容姿は整っており、所作の節々からは育ちの良さも窺える。いわば、高嶺の花が自ら地に降りてきてくれたような感覚だ。男子生徒が色目を使いたがるのも無理はない。

出会い方さえ違っていれば、俺も他の男子と同じように、クレナのことをアイドルのように見ていたかもしれない。

なんて思っていると――エディが訝しむような目で俺を見ていた。

「ふーん、特に焦ったりはしないんだね？」

「……どういうことだ？」

「君とクレナさん、付き合ってるんじゃないの？　今朝、一緒に登校してきたでしょ？」

からかうような口調で言うエディに、俺は溜息を吐いた。

「そういうことを言われないためにも、通学路の前で一度分かれた筈なんだが……」

「タイミングが悪かったね。その少し前に見かけたんだ」

知り合いに見つからないよう注意していたつもりだが、それでもエディには見られてしまったようだ。どう説明するべきか、少し悩んでから答える。

「……別に、付き合ってるわけじゃない。偶々家を出たところで会ったから、途中まで一緒に来ただけだ」

「本当にそれだけ？　直前で分かれる辺り逆に怪しいよね。ケイルがやっかみを警戒するのは分かるけれど、クレナさんがそういうことを気にするタイプだとは思えないし……」

エディの推測に、思わず唇を噤んだ。

「まあ、詮索はやめておくよ。でも次からはもっと気をつけた方がいいかもね」

「……肝に銘じる」

偶々エディだったから良かったものの、日頃俺を虐めている生徒たちがその場面を目撃していたら、大変な目に遭っていたかもしれない。

それから四つの授業を終えて、昼休みになった頃。

「ケイル、飯食いに行こうぜ」

ライオスとエディが集まり、俺と共に購買へ行こうとする。

いつもなら一緒に行くところだが……。

「悪い。今日もちょっと用事が」

「またかよ」

「ここ最近、付き合い悪いよね」

ライオスとエディが訝しむように俺を見る。

苦笑を浮かべながら二人と別れた俺は、昨日のうちに城下町で購入していたパンを鞄の中から取り出し、それを持って一人で教室を出た。

「ク、クレナさん！　よければ一緒にお食事でも――」

「えっと、ごめんね。先約があるから」

申し訳なさそうに謝罪するクレナの声が聞こえた。

殆どの生徒が一階の購買や本館の食堂へ向かう中、階段を上り、屋上に出る。

適当にパンを齧りながら待っていると、クレナが屋上へやって来た。

「お待たせー！」

「順調に楽しんでるな」

「うん！」

クレナは満面の笑みで肯定する。

護衛の仕事を引き受けてから、昼休みは二人で過ごすようにしていた。一応、定期的な報告や相談の機会を設けたつもりだが、最近は殆ど雑談しかしていない。

　しかし、今日は一件だけ報告することがある。

「俺たちが朝一緒にいるところ、目撃されてたぞ」

「え、嘘。誰に？」

「エディ。……ほら、俺の前に座っている金髪の」

「ああ、あの可愛い子。そう言えば私、まだあの子とはあんまり話してないかも」

　その言い回しに、どこか違和感を覚える。

「ねえケイル君。エディちゃんって、なんで男子の制服を着てるの？」

　真顔で質問するクレナに、俺は先程抱いた違和感の正体に気づいた。

「……エディは、男だぞ」

「…………嘘ぉ」

　クレナの目がみるみる見開かれていく。

「え、だって……あ、あんな可愛いのに？」

「お前それ、絶対本人には言うなよ」

　ああ見えてエディは自分の容姿にコンプレックスを抱いているのだ。

　パンを齧る俺の隣で、クレナも持ってきた昼食を取り出す。クレナは自分で用意したという小さな弁当と、紙袋に入った何かを取り出した。

「クレナ、それは？」

「これ？　クラスにいる調理部の子からクッキーを貰ったの！　ケイル君も食べる？」

「……じゃあ、ひとつだけ」

クッキーは甘くて美味しかったが、正直、複雑な気持ちだった。

そうか……俺の所属するクラスには、調理部の生徒がいたのか。

友達が少なすぎて、そんなこと全く知らなかった。

「吸血鬼も普通に食事をするんだな」

「うん。吸血鬼にだって空腹感はあるし、人間と同じように食事することでちゃんと満腹にもなるよ。……まあでも、やっぱり栄養を確保するためには、これも必要なんだけど」

そう言ってクレナは掌サイズの透明な袋を取り出した。

袋の中には、真っ赤な血液が入っている。

「一応、これを飲めば生きることはできるんだけど、やっぱり液体だから、あんまり心地良い満腹感は得られないんだよね。吸血鬼にもちゃんと味覚があるから、人間の食べ物だって素直に美味しいと感じることもあるんだよ？」

「そうだったのか。……知らなかったな」

ちゅーちゅーとパックの中に入っている血をクレナは吸う。

直後、クレナは急に顔を顰めた。

「これ、外れだ……」

「血に当たり外れがあるのか？」

「うん。体調や栄養バランスが悪い人の血は、あんまり美味しくないの。……うげー、まずいー。……次からはもっと高いやつ買わなくちゃ」

後悔しているクレナを他所に、紙パックの飲み物を口に含む。

ふと隣を見ると……クレナがこちらをじーっと見ていた。その真紅の瞳は、何故か俺の喉元を注視している。

クレナは喉をゴクリと鳴らし、

「ね、ねえ。実はさ、前からずっと言おうと思ってたんだけど……その、ちょっとだけケイル君の血を吸わせてくれない？」

「……は？」

急に何を言っているんだろうか。

「あ、あのね。人間には難しい感覚かもしれないけど、吸血鬼にとっては、血の味にも好みがあるの。それで、自分好みの血を持つ人間は……見るだけで分かっちゃうの。……その、初めて会った時はよく分からなかったけど、改めてケイル君のことを見ると……凄くそそるというか……ご、ごめんね。ちょっとだけ、ちょっとだけだから……ね？」

「おい、待て。なんか様子が変だぞ、お前」

「ぜ、全然変じゃないよ。それより、ほら、少しだけ……お願い。ね？　ね？　ね？」

ただならぬ様子で迫ってくるクレナ。

その振る舞いに悪寒を感じるが……多少血を吸われるくらいなら問題ないだろう。

「……少しだけだぞ」

「っ！　い、いただきます！」

クレナが勢い良く首筋に噛み付いてくる。身体が密着し、甘い香りがした。だがそれ以前に――ぞわぞわと、血が吸われていく嫌な感覚が全身を襲う。

「なにこれ！　すっごく美味しい！」

耳元でクレナが感動する。

「美味しい、美味しい、美味しい……ぷはっ！　…………………もうちょっとだけ」

「おい！　今、結構飲んだだろ！」

「もうちょっとだけ！　もうちょっとだけだから！」

血走った目で迫り来るクレナを、必死に押しのけた。

「やめろ！　貧血になったらどうする！」

「ケチ！」

　頬を膨らませて不服そうにするクレナ。

　丁度、そこで予鈴が鳴り響いた。

「……酷い目に遭った」

「ケイル君の血は……魔性の血だよ」

「全然嬉しくない」

　パンの袋を丸めてポケットに入れる。クレナも空になった血のパックを片付けた。

「あ、そうだ。今日の放課後は図書館に行くから、ついて来てね」

「それは別にいいが、図書館で何をするんだ？」

「うーん……ちょっとした調べ事」

◆

　放課後。

　予定通り俺とクレナは本館の図書館に寄った。

　無数の書架のうち、クレナが関心を注いだのは、この世界に存在する種族に関する書籍だった。棚の中からクレナが取り出した本の表紙を見て、俺は思わず口を開く。

「人間の能力について？」

「そう。……やっぱり、この国は人間が一番多いからさ。これからも学園に通い続けるなら、人間に関する知識もちゃんと勉強しなくちゃいけないなーって思って」

そんなクレナの行動に、俺は素直に感心した。

「やる気に満ち溢れているな」

「うん。ケイル君も色々教えてね？」

俺は「ああ」と答え、クレナの本探しを手伝う。

適当に本を選んだ後、俺たちは会話が許可されている学習スペースに向かった。

「人間の能力って、七種類あるんだっけ？」

机に置いた本のページを開きながら、クレナが訊く。

「ああ。素質系、支配系、模倣系、強化系、契約系、吸収系、覚醒系の七つだ」

「うーん、やっぱり吸血鬼と違ってややこしいなぁ。よくこんなの扱えるよね」

「まあ、人間はよく多様性に富んだ種族と言われているからな」

確かに吸血鬼や獣人と比べると、人間に目立った特徴はないかもしれない。だが、それ故に多様性に富むことができ——亜人の眷属になることができる。

「素質系っていうのは多分、特定の能力が成長しやすいって意味だよね？　……ケイル君の妹である剣姫様は、確か【素質系・剣】だっけ？」

「ああ。だからミュアは、ちょっと剣を振るだけで色んな剣術を独りでに学んでいった」

「うわぁ……それって凄く強力に聞こえるんだけど」

「実際、強力だ。でも素質系はその力を十全に発揮するまで時間がかかりやすい。ミュアは多分、そういうところも含めて才能があったんだろう」

　その後も、俺はクレナの質問に答えていった。

「支配系は色んなものを操る力かぁ……たとえば、火とか水とか？」

「ああ。他にも音とか石とか、色んなものがある。……吸血鬼の種族特性である血の操作は、人間でいう【支配系・血】に該当する筈だ」

「へー、結構汎用性高いんだ。……模倣系は人間の能力をコピーするってことだよね。これはまあ簡単だけど……強化系は、自分以外も強化できるの？」

「いや、能力の対象は自分のみだ。……強化系の対象は、力とつくものが多い。体力とか腕力とか、他にも記憶力とか学習能力といったものがある」

「学習能力？　……えっと、それって素質系みたいになるってこと？」

「そういうことだ。人間の能力は多様性が高すぎて、似たような効果のものも多い」

ここがややこしい点だ。

「あ、そうだ。似たような効果と言えば、素質系と覚醒系の違いがイマイチ分からないんだけど。どっちも特定の技能が伸びる効果だよね？　これって何が違うの？」

「素質系は努力でその技能を習得する効果だが、覚醒系は努力を必要としない。本当にある瞬間、唐突にその技能を極めるんだ」

「それって……覚醒系は、素質系の上位互換ってこと？」

「いや、覚醒系は努力を必要としない代わりに、努力による恩恵も増えないんだ。素質系は地道に努力しなくちゃいけないが、その代わり努力を続けることで、いずれ覚醒系と同じ境地に到達することができる。そうなると、素質系の方が努力による効果を得やすいから、覚醒系がどれだけ努力しても絶対、素質系には追いつけない」

「うーんと……つまり、短期的には覚醒系の方が優れているけれど、長期的に見れば素質系の方が優れているってこと？」

「そういうことだ」

「……思ったより、ややこしいかも。取り敢えず種類を覚えなくちゃ駄目だね」

クレナは難しい顔をしながら、テーブルに顎を乗せた。

「クレナ。七つの大罪って知ってるか？」

「ええっと……傲慢とか憤怒とか、そーゆーのだよね」

「俺たち人間の能力は、元を辿ると七つの大罪になるらしい。例えば素質系は、やればできると思い込む傲慢。支配系は、なんでも自分のものにしたいという強欲。模倣系は、自分もああなりたいという嫉妬……といった具合だ」

ちなみにその関連性から、人間は能力で性格を分析できるらしい。

「うん……それなら覚えやすいかも！　ありがとうケイル君！」

急に目を輝かせたクレナに、俺は「どういたしまして」と答えた。

「ケイル君の能力は、何なんだろうね」

「……さあな」

その答えは、俺自身が一番気になっている。

「私の眷属になった時はちゃんと能力を使えてたじゃん。あの時と同じような感覚で人間の能力は使えないの？」

「実は何度か試したが、駄目だった。やっぱり、俺はまだ人間の能力には目覚めていないらしい」

あの時の万能感は、人間の時には存在しない。

やはりあれは亜人の眷属になった時だけのものなのだろう。

「放課後も勉学に励むとは、感心ですね」

その時、後方から誰かに声を掛けられた。

「あ、エリナ先生。こんにちは」

「ええ、こんにちは」

振り向いた先にいたのは、俺たちの担任教師であるエルフの女性、エリナ先生だった。

「クレナさん、学園には慣れましたか？」

「慣れたかと言われると、まだ分からないですけど……でも、とっても楽しいです！　私この学園に来て、良かったと思います！」

「そう言っていただけると私も嬉しく感じます」

エリナ先生は優しく微笑み、それから俺の方を見た。

「そう言えばケイル君は、以前までよく図書館に足を運んでいましたね」

その言葉に、俺は目を丸くして驚く。

「知ってたんですか？」

「ええ、私もよくここを利用するので」

そう言って、エリナ先生はまじまじと俺を見つめた。

「……一時期は鬼気迫る様子でしたが、見たところ少しは肩の力が抜けたようですね」

エリナ先生は、安心したように言った。

「私はいつも職員室か、この図書館にいますから、何か困ったことがあればいつでも相談に来てください。……ケイル君も、遠慮する必要はありませんからね」

いつも通りの厳しい眼差しのまま、先生は生徒を思い遣る言葉を口にした。

踵を返し、去って行く先生の背中を見届ける。

「ケイル君。先生が言ってた鬼気迫る様子って……？」

「……多分、俺が自分の能力について悩んでいることを知ってたんだと思う。……図書館に通っていた頃の俺は、とにかく能力を手に入れるために必死だったから」

説明を聞いたクレナは「そっか」と短く相槌を打った。

「いい先生だね」

「……ああ」

「いい先生、なんだけど……」

クレナは次第に、複雑な面持ちを浮かべた。

「……ケイル君って、私と会った後、獣人の眷属にもなったんだよね」

「まあ、そうだな」

「ふーん……もしかしてケイル君って、亜人には好かれる方なのかな」

若干、不機嫌そうにクレナは言う。

どうやらまだ俺が、他の亜人の眷属にならないか不安らしい。

「俺が落ちこぼれと言われている理由は、人間の能力に目覚めていないからだ。亜人にはその感覚が分からないんじゃないか？」

「うーん、そうかもしれないけどさ……なんか複雑。私は、眷属ってそう簡単に作るものじゃないと思うし、だからこそ私にとってケイル君は特別なのに……」

「特別？」

「言ってなかったっけ？　私、眷属を作ったのはケイル君が初めてなの」

全く聞いていない。驚く俺に、クレナは優しげに微笑みながら語り始める。

「不思議な話だけど……あの夜。ケイル君を見た時、私の中で『この人だ！』って感覚があったの。この人なら眷属にしてもいいって、そういう確信があった……だから、つい眷属にしちゃったの。……いくら緊急事態だからと言って、普通は見ず知らずの人間を眷属になんかしないよ。少なくとも、私はね」

クレナの話を聞きながら、俺は彼女と会った夜を思い出した。

あの時――俺にも、説明できない感覚があった。

眷属になった直後の、得体の知れない万能感。あの正体は未だに分かっていない。ひょっとするとクレナが抱いた不思議な感覚は、これと関係するのかもしれない。

「ちなみに今のところ他に眷属を作る気は全くないから、そこは安心してね」

「……どこに安心する要素があるんだよ」

「ん－……眷属って、主を独占したがる傾向があるらしいんだけど。ケイル君はあんまりそういう感じしない？」

「全然そんなことはない」

寧ろ俺の代わりがいるなら、そちらに役目を譲ってやってもいいとさえ思う。……金貨五枚という報酬がなければの話だが。

「ほんと～？　まあでも大丈夫！　私はケイル君だけの主になってあげるから！　なんなら正眷属になってくれてもいいんだよ？　その方が私も安心できるし」

「……それは遠慮しておく」

流石に今の段階で、残る生涯を吸血鬼として過ごす覚悟はない。

「期待されるほどの力が、俺にあればいいんだがな……」

つい不安を吐露してしまった俺に、クレナは「むぅ」と不満気な顔となった。

「まだ心配してるの？　ケイル君は強いから大丈夫だって」

「そう言われてもな……」

長年のコンプレックスはそう簡単には解消しない。

人間の能力について勉強を終えたクレナは、数冊ほど本を借りて図書館を出た。

橙色(だいだいいろ)の陽光が学園を染めていた。そろそろ下校した方がいい。

「おい、ケイル」

本館の出口に向かっていると、背後から声をかけられる。

振り返(かえ)ると、そこには金髪の男子生徒が立っていた。

「ローレンス?」

ローレンス＝エルデガード。アールネリア王国エルデガード男爵(だんしゃく)家の長男だ。

貴族も平民も関係ないこの学園でも、隙(すき)あらば権力を振りかざそうとする厄介(やっかい)な人間である。特にローレンスは昔から俺のことを毛嫌(けぎら)いしており、ことあるごとに取り巻きと一緒になって、危害を加えてくるような男だった。

「ケイル。お前、最近調子に乗ってんじゃねぇか？」

「そんなつもりはないが……」

「なら、クレナさんから離(はな)れろよ。クレナさんを狙(ねら)ってんのかは知らねぇけど……落ちこぼれのお前が、この学園の代表とは思われたくないからな」

クレナを狙っているのはお前だろ。とは言えない。

押し黙る俺に、ローレンスはクレナの方へ近づいた。

「クレナさん、そんな奴とは離れた方が身のためですよ。学園の案内が必要ならば、ここから先は私がしましょう。そこの落ちこぼれより立派にエスコートしてみせます」

ローレンスが言う。

しかし、クレナは――。

「別に私は、ケイル君のエスコートで満足しているんだけど」

その回答に、ローレンスは焦ったように目を見開いた。

「ク、クレナさんは騙されてるんですよ！　そいつに！」

ローレンスは顔を真っ赤にして叫ぶ。

「そいつは落ちこぼれなんです！　この年になってまだ能力に目覚めてない！　そんな奴と一緒にいると、クレナさんの評価も落ちますよ！」

「悪いけど私、周りの評価とかそういうのは気にしてないから」

クレナが言う。多分、俺を庇っているわけではなく、本心なのだろう。クレナに俺を気遣うような態度はない。

ローレンスは、わなわなと震えながら俺の方を見た。

「ケイル！　俺と決闘しろ！」

ローレンスが怒鳴った。

「明日の一限目は模擬戦闘だ。そこで俺と戦え。……クレナさんも見ていてください。こいつがどうしようもない劣等種だってことを、俺が証明してみせますよ」

一方的すぎる提案だった。

大体、勝ち目がない。どうにか、やんわりと断らなくては――。

「賛成！　ケイル君、やってみようよ！」

「は？」

何故かクレナが、その提案を受け入れた。

「お前、勝手なことを――」

文句を言おうとしたその時、クレナが耳打ちする。

「丁度いいじゃん、眷属の力を試してみようよ」

それが目的か……。

返答に窮する俺を見て、ローレンスは決闘の提案が受け入れられたと捉えたのか、不敵な笑みを浮かべる。

「決まりだな。へへっ、明日が楽しみだぜ」

ローレンスが笑いながら踵を返す。

その背中を見届けた後、深く溜息を吐いた。

「厄介なことをしてくれたな……」

「大丈夫だよ！　私の眷属になったケイル君なら、並大抵の生徒には負けないから！　あの夜のことを思い出して！」

確かに――あの夜の俺ならば、並大抵の生徒には負けないだろう。

だが、ローレンスは並大抵の生徒ではない。

「相手が悪い……あいつは貴族だ」

「貴族って……え、嘘。あんな奴が⁉」

驚くクレナに、俺は慨嘆気味に頷いた。

「亜人と同じように、人間も基本的に上流階級の方が強いんだ。なにせ能力っていうのはある程度、遺伝するからな」

優秀な能力を家系に入れるべく、養子をとる貴族も多い。だからこそ、今の社会において貴族とは、莫大な財力と強大な能力を兼ね備えている。

「……ごめん。少し調子に乗っちゃったかも」

「まったくだ。別に眷属の力を試すなら、別の機会でも良かっただろ」

そう言うと、クレナが不機嫌そうな顔で答えた。

「……別に、ケイル君の自信をつけさせるためだけに、決闘して欲しいわけじゃないよ」

「じゃあ、他に何があるんだよ」

「……あいつ、ケイル君のことを馬鹿にしたもん」

クレナが小声で言う。

「私にとって、ケイル君は恩人だよ」

「恩人って、あの夜のことを言ってるのか？　あれはただ、我武者羅になって――」

「――ケイル君は、命令する前に私を助けてくれた」

クレナが力強く言う。

「なんでかは知らないけれど、ケイル君には主としての命令が通用しない。それって逆に言えば、ケイル君は自分の意思で私を助けてくれたってことでしょ？　あの時は言いそびれたけれど……本当に、ありがとう。私、ケイル君のおかげで助かったよ」

出会ってからずっと明るく振る舞い続けていたクレナが、少ししんみりとした口調で告げた。どうも落ち着かない。俺は後ろ髪を掻きながら口を開いた。

「明日の決闘……できるだけ、頑張ってみる」

その一言に、クレナは目を輝かせた。

「うん！」

◆

翌朝。

俺とクレナは、模擬戦闘と呼ばれる授業が始まる前に、階段の裏で落ち合っていた。

「それじゃあ、血を注ぐね」

「……ああ、頼む」

人間のままではローレンスに勝てない。だから、俺はこれからクレナの眷属になる。

勿論、準眷属の方だ。流石に生涯、吸血鬼として過ごす覚悟は今のところない。

クレナの唇が首に触れる。湿った舌が肌に触れたような気がした。

小さな牙が首に立てられ、僅かに痛みを覚える。

そして、クレナは俺の血を、ちゅーちゅーと吸い始め――。

「――飲むな！」

「あいたっ⁉」

肩の上に載ったクレナの頭を裏拳で叩く。

吸血鬼が人間を眷属化する方法は、血を注ぐことだ。間違っても吸う必要はない。

「ちょ、ちょっとくらい、いいじゃん!!」

「駄目だ。一滴も飲むな」

「い、一滴も⁉　そ、そんな、目の前にご馳走があるのに、全く手をつけちゃ駄目だって言うの⁉　ケイル君の鬼畜！　人でなし！　身体目当て！」

「やめろ！　紛らわしいこと言うな！」

　確かに眷属の身体が目当てではあるが。

　周りにいる生徒たちから氷のように冷たい視線を注がれる。

「……分かった。少しだけならいいから、早くしてくれ。授業が始まる前に、眷属の身体に慣れておきたい」

「やったー！」

　クレナは飛びつくように俺の首に手を回し、遠慮なく俺の血を吸った。暫くそのまま時が過ぎるのを待っていると、やがて満足したクレナが吸血鬼の血を注いでくる。

「──グッ⁉」

　心臓が跳ね上がり、全身に熱がこもる。

　口内と背中に強い違和感があった。五感が鋭敏になっていくのを感じる。

「なんか、前回よりも身体に違和感が……」

「前は時間がなかったから色々と荒かったけど、今回はできるだけ丁寧に、多めに血を注いだからね。うーんと……牙が生えてるのと、後は羽も生えてるね！」

「羽!?　って、そうか。吸血鬼って羽もあるのか」

「うん。でも不要な時は邪魔になるから、今みたいに折り畳んどいた方がいいよ」

吸血鬼も色々と工夫して生きているらしい。

「さ、それじゃあ演習場に行こっ！」

クレナと共に、模擬戦闘の会場である演習場へと向かう。

演習場には既に多くの生徒が集まっていた。

この授業では、生徒同士が模擬戦を行う。

いわば自分で自分の身を守るための訓練だ。種族戦争が終わったことで人類同士の大規模な争いはなくなったが、まだ小さな競り合いは続いているし、稀ではあるが戦時中の怨恨が起因し生徒が襲撃を受けることもある。そういった物騒な事態への対策として、この授業が存在する。

「逃げずにここまで来たことは褒めてやるよ」

演習場の一室で、俺とローレンスは対峙した。

演習場には他の生徒もいる。だがここにいる生徒の全てがローレンスの味方であり、俺の敵だった。教師は他の部屋にいるのか、姿が見えない。

しかし、たった一人だけ、俺にも味方がいた。

「ケイル君、がんばってー！」

クレナが満面の笑みを浮かべながら、こちらに手を振っている。

「いい気になっててんじゃねぇぞ、落ちこぼれ」

ローレンスが額に青筋を立てると同時、審判役の生徒が模擬戦開始の合図を告げる。

直後、ローレンスの足元にある影が、まるで生きているかのように起き上がった。真っ黒な影は、鋭利な刃と化して俺に襲いかかる。

紙一重で影の刃を避けた俺は、下卑た笑みを浮かべるローレンスを睨んだ。

「それが、お前の……」

「そうだ！　これが俺の能力――【支配系・影】だ！」

支配系の能力は、対象を自在に操るといった効果を持つ。

ローレンスの場合、その対象は影。厳密には自分自身の影といったところだろう。

（影が実体化している……厄介だな）

支配系の能力は、練度に応じて対象に特殊な性質を付加することがある。光や影といった本来触れることのできないものは、実体化が適うこともあった。

「そうら、行け！　串刺しにされろッ‼」

ローレンスは影を二つに分離させ、挟み込むように俺へと差し向けた。床を這う黒い影が、それぞれ棘と化して襲いかかる。

（……見える）

獣人の眷属だった時ほどではないが、今の俺は動体視力が強化されている。

影の刃が迫る。その切っ先が俺の肩に触れた。

出血を確認すると同時――俺は吸血鬼の能力を発動し、肩周りに血の鎧を形成した。

ガキン、と金属同士が衝突したような音がする。

血の鎧によって防がれた影は、先端がひしゃげていた。

「な、なんだ、お前……何をした⁉」

驚愕するローレンスに、俺は苦笑した。

（こいつ……俺が今、吸血鬼だと気づいていないのか）

ローレンスは俺のことなど何も見ていなかった。少し観察すれば気づく事実だというのに……この男には最初から、俺のことなど眼中になかったのだ。

「マグレで防いだか。なら――これで決めてやるよ！」

ローレンスが右腕を掲げる。すると、ローレンスの影が渦を巻きながらその頭上に収束した。影はやがて、巨大（きょだい）な剣の形となる。

「見ろ、落ちこぼれ！　これが俺（おれ）とお前の、力の差だ！」

自慢気（じまんげ）に言うだけあって、ローレンスの実力は確かに高かった。

支配系の能力でも、ここまで形状を自由に操作できる者は少ない。

それでも、今の俺なら——。

（——まだだ）

再び、その感覚を抱く。

（どうしても……負ける気がしない）

得体の知れない万能感がある。

これがある間、俺はきっと——無敵だ。

（『血舞踏（ブラッディ・アーツ）』——）

何故か使える吸血鬼の武術。

その力を今、再び行使する。

「——《血戦斧（ブラッディ・アクス）》」

ローレンスの影に対抗（たいこう）するように、俺は巨大な真紅の斧を掲げた。その大きさは、ローレンスが掲げる影の大剣よりも二回り大きい。

「な、なんだよ、それ……」

戦慄するローレンスへ、斧を力一杯振り下ろす。

ローレンスは、自ら生み出した影の剣ごと床に叩き付けられた。

「ぎゃぁぁぁぁぁぁぁッ⁉」

ローレンスの悲鳴と共に、轟音が響く。

訓練場の床が砕け散り、爆風が観客たちに襲い掛かった。ローレンスは間一髪で影を身に纏い、鎧代わりにすることで衝撃を防いでいたが、見れば気を失って倒れている。

「お、おい。今の、やばくねぇか……？」

「なんだよ、あれ……」

観客が騒然としていた。

誰もが目を剥いて俺に注目している。

（……強いな）

巨大な斧を消し、血を体内に戻した俺は、自らの両手を見つめながら思った。

（眷属になったからといって、強くなりすぎている。……なんなんだ、この力は）

いい加減、はっきりと自覚した。クレナが王族かつ純血の吸血鬼だとしても、その眷属になるというだけで、ここまでの力を得られるわけがない。

その後、騒ぎを聞きつけた教師が、ローレンスを保健室まで運んでいった。

授業が終わるまで、俺はこの不思議な感覚にずっと首を傾げていた。

◆

模擬戦が終わった後、生徒たちの反応は様々だった。

一番多かったのは、訳が分からず混乱している生徒だ。今まで落ちこぼれと罵られていた俺が、ローレンスを圧倒したことに驚きを隠せない者が多い。

ちなみに俺もこの中に含まれる。……俺自身、模擬戦の結果が信じられないのだ。

「ね？　やっぱりケイル君、強いでしょ？」

放課後。クレナを宿に送る途中、彼女は何度も似たようなことを口にした。

「……でも、あれは結局、クレナの力を借りただけだ。俺の力でローレンスに勝ったのかと言われると微妙なところだと思う」

「だから～、私の力を借りただけでは、あそこまで強くならないって。クラスにいる他の亜人たちも言ってたよ。あれはケイル君自身の強さなんじゃないかって」

模擬戦で眷属になること自体は問題にならなかった。多くの種族を許容するヘイリア学

園では、人間が亜人の眷属になることも受け入れられている。

あの後、保健室で目を覚ましたローレンスは「眷属の力を使うなんて卑怯だ！」と騒いだようだが、様子を見に来たエリナ先生に「無能力者を相手に、能力を使って戦おうとした貴方の方がよっぽど卑怯だ」と諭されたらしい。……エディからの情報である。

「折角だから、お祝いしようよ！」

「いや、流石にそこまではしなくていい」

どうせお祝いをするなら、面倒な事件が全部終わってからだ。

帝国軍との問題は、まだ解決していない。

話の接ぎ穂が消えたその時、目の前を子供たちが走り抜けていった。元気に遊ぶ子供たちの中には、人間もいれば亜人もいる。

「王国は平和だね」

唐突に呟くクレナに、俺は一瞬、返事に迷った。

「……それを、決闘が終わったばかりの俺に言うのか」

「あー、えっと、そういう意味じゃなくて。人間と亜人が、ちゃんと対等な関係を築けてるんだなーって言いたかったの」

苦笑して、クレナは語った。

「人間は、こういう寛容な社会を作るのがとても上手だよね。これほど色んな人種を許容できる国、吸血鬼には作れない。きっと、人間自身が多様性に富んでいる種族だから、他の色んな種族も許容できるんだね」

「……人間の社会しか知らない俺にとっては、実感が湧きにくい話だな」

「そう？　例えば――」

クレナが背中に手を回す。

パチン、と金具の外れる音がしたかと思えば、クレナの背で黒い羽が広がった。

「この制服って吸血鬼専用のもので、羽を広げられる仕組みなんだよね。……ヘイリア学園の学生服って、種族によって微妙に造りが異なるんでしょ？　こういうの、凄くいいと思う。社会が亜人に対して、歩み寄ってくれていることが分かるから」

あまり実感はなかったが、学園という身近な環境にも、亜人に対する配慮はあったらしい。そこまで賞賛してくれると、人間社会で生きていることが誇らしく思えた。

「クレナが住んでいた吸血鬼領は、ここととは違ったのか？」

「もう全然違うよ。私のいた吸血鬼領は、あんまり他の種族に対して寛容じゃなかったというか……吸血鬼以外の種族を、見下すような風潮があった」

クレナは言う。クレナ自身は、そのような風潮はあまり好きではないらしい。

「でも、ちょっとだけ仕方ないとも思う。人間と吸血鬼じゃあ寿命が違うから。……吸血鬼の中には、一世紀前の種族戦争を、経験してきた人たちもいるしね」

「それは……他の種族を受け入れられないのも、仕方ないかもな」

種族戦争の被害はどの陣営も酷かったという。俺たち人間にとっては過去の話でも、吸血鬼にとってはまだ折り合いをつけられない事件なのかもしれない。

「ごめんね。なんか、しんみりさせちゃったかな」

「いや、中々貴重な話だったし、聞いていて面白かった。ただ……ホームシックになるくらいなら、一度帰った方がいいんじゃないか？」

「ホ、ホームシックじゃないもん！」

クレナが顔を真っ赤にして否定する。

一度、吸血鬼領に戻って、本物の護衛を連れてきた方が安全と言えば安全だ。しかしそれをすると俺が解雇される可能性もあるため、必要以上には伝えない。

「そう言えば、クレナ。宿代はどうしてるんだ。何日も泊まっていると高くつくだろ」

王都は観光地も多いため、民営の宿泊施設は大体高い。

いつまでも宿に泊まるのは現実的ではないだろう。

「まだなんとか足りているけど……毎日の食事とかを考えると、そろそろ危ないかも」

「今更だが、帝国軍に追われているなら宿は危険じゃないか？　虱潰しにされたら、いずれ見つかるだろうし」

「う、確かに……」

だからと言って、他に泊まる施設が思い浮かぶわけではない。

いや――一つだけあった。

「クレナ、提案がある」

「……なに？」

落ち込んだクレナに、俺は思い浮かんだ案を告げた。

「俺の家に来ないか？」

◆

「兄さん！　兄さん兄さん兄さん！　聞きましたよ！　決闘で勝ったんですよね！」

家に帰ると、エプロンを身につけたミュアが小走りでやってきた。

（マズいな……何故いる）

額から冷や汗が垂れる。

甲斐甲斐しく自分を出迎えてくれる妹を見ると、いつもなら荒んだ心が癒やされていくのだが……今ばかりは会いたくなかった。

「……ミュア、今日は家に帰らないと言ってなかったか？」

「所用で帰ってきました！　それよりも決闘の件です！　エルデガード男爵家の長男を一撃で倒したと聞いたんですが、ほんとですか⁉」

「あ、ああ」

「やりましたね！　貴族相手に一撃でケリをつけるだなんて、これで兄さんの評判もうなぎ登り間違いなしです！　今日はお祝いにしましょう！　どんどんぱふぱふ～‼」

妙にテンションが高い。

ミュアは今日もギルドで依頼を請けると言っていたため、学園には登校していなかった筈だ。どうやって決闘のことを知ったのだろうか……？

いや——今はそんなこと、どうでもいい。

「ミュア、その……実は今日から暫く、友人を家に泊める予定なんだ」

「友人ですか？　まあ、兄さんの友人なら問題ないですけど。ライオスさんですか？　それともエディさんですか？」

ライオスのこともエディのことも、ミュアには伝えていない筈だ。なんで俺の学友のこ

とを知っているのだろう。

「いや、そのどちらでもない。……入ってくれ」

振り返り、俺は玄関の外で待機している人物に声をかけた。

戸が開き、入ってきたのは銀髪の少女だった。

「えっと、はじめまして。クレナ＝B＝ヴァリエンスです」

名を告げたクレナは、ミュアを前にして「わー、剣姫さんだぁ」と暫し見惚れていた。

対し、ミュアは先程までの笑みを消し、途端に能面のような顔をした。

「なんですか、このアバズレは」

「アバズレ⁉」

「勝手に人の家に入り込んで、随分と図々しいですね」

「いやいや！　今、私、ケイル君の許可もらってたじゃん！」

クレナが目を見開いて抗議する。

ミュアは基本的にギルドの方で寝泊まりしているため、巻き込むこともないだろう。そう考えたのだが、ミュアは血の気が引いた顔で焦りだした。

「最悪です……こんなことになるなら、長期依頼なんて請けるんじゃありませんでした」

「長期依頼？」

「……実は、明日から二週間ほど、仕事で遠出することになりましたので、今日はそれを伝えるために一度戻ってきたんです。夕食を食べたら、またすぐに出ないといけないんですが――まさか兄さんが、こんな女狐にたらし込まれているなんて！」

「女狐……」

クレナが女狐と言われて落ち込んだ。

「ミュア……駄目か？　別にずっと泊めるわけじゃないんだ。数日だけでも……」

「駄目です！　ここは私と兄さんの愛の巣！　私以外の女が寝泊まりするなんて、断固として拒否します！　私以外の女の匂いをつけたくありません！」

何を言ってるんだコイツは。

「ミュア、頼む。詳しくは話せないが……少し、込み入った事情があるんだ。それに、クレナはああ見えて吸血鬼の貴族だ。決して怪しい人物ではない」

「そ、そんな格好良い顔で頼まれても…………駄目なものは、駄目です」

真剣な顔で頼み込むと、ミュアは頬を紅潮させてそっぽを向いた。

顔は多分変わっていないと思う。

「……じゃあ、今日一日だけならどうだ？」

俺が提案すると、ミュアは「一日……」と声に出し、考える素振りを見せる。

ミュアは散々唸り声を上げた後、絞り出したような声で言った。

「……条件が、あります。お風呂の水は毎回替えること。それと、夜十時以降は接触禁止です。クレナさんには私の部屋をお貸ししますので、そちらで寝てください」

「分かった」

「わ、分かりました……」

俺が頷いた後、クレナもミュアの様子に鼻白みながら首を縦に振る。

「クレナさんの服が足りなければ、私のものを使っていただいて構いません。……間違っても兄さんの服を借りちゃ駄目ですよ！　兄さんにアバズレの臭いが移ります！」

「あ、アバズレじゃないもん！」

クレナが顔を真っ赤にして言う。

「それと、朝食は私が作ったものを置いていきますから、クレナさんはキッチンに立たないでくださいね！　兄さんの胃袋は掴ませません！」

どこに対抗意識を燃やしているんだろうか。

ミュアの言葉に、クレナは物言いたげな顔をしたが、やがて首を縦に振った。

「……いいでしょう。今日だけ許してあげます」

なんとかミュアのお許しをいただけた。

安堵に胸を撫で下ろした俺は、改めてクレナを家に上がらせた。

◆
「……では、私はギルドに行ってきます」

夕食をとった後。ミュアは支度をして、玄関に向かった。

玄関先まで見送る俺にミュアは笑みを零す。それから、俺の隣にいるクレナを鋭く睨んだ。

「クレナさん。約束を破ったら――斬りますから」

そう言ってミュアは腰に差す刀をカチャリと鳴らす。

クレナは顔を蒼白く染め、何度も頭を縦に振った。

ミュアが玄関から出て行き、扉が閉まった後、クレナは大きく息を吐いた。

「ミュアちゃん……なんだか、凄く怒ってたね」

「悪いな。どうも、その……ブラコンみたいで」

「ブラコンの域を超えてるよ、あれ……」

クレナと二人、疲労感に苛まれつつもリビングに戻った。

ぐったりとした様子で椅子に座るクレナへ紅茶を差し出した。クレナは「ありがとー」と怠そうに礼を述べ、カップを傾ける。クレナは吸血鬼社会における貴族だそうだが、こうして見るとてもそうは思えなかった。

「明日から、どこに泊まろっか」

クレナの言葉に、俺は紅茶を軽く飲んでから答えた。

「ここでいいぞ」

「え？　でも今日一日だけという約束じゃあ……」

「そんなこと言ってられないだろ。ミュアには申し訳ないが、所詮はただの口約束だ」

ミュアは長期依頼で二週間ほど帰ってこない。クレナが数日寝泊まりしても、証拠さえ残さなければバレないだろう。しかし、クレナはいまいち乗り気でない表情を浮かべていた。散々、睨まれていたにも拘わらず、ミュアに嘘をつくのが後ろめたいらしい。

「そう言えばケイル君。ご両親は留守なの？」

「ああ。留守というか、行方不明だ」

「行方不明⁉　そ、それって、ただ事じゃないような……」

「もう何年も前の話だし、今となっては俺もミュアも困ってないから、別に気を遣う必要はないぞ」

気を遣われても困る。生きているか死んでいるかも分からないため、俺は両親の不在を嘆くべきなのか、それとも憤るべきなのか判断がつかない。そんな状態が長続きすれば関心が薄まるのも仕方ないだろう。

クレナは紅茶を飲み干した後、徐に立ち上がり、リビングを散歩するようにふらふらと歩いた。その途中、壁に立てかけてある剣を見つけ、じっとそれを観察する。

「この剣、ミュアちゃんの？」

「いや……それは母親のものだ」

母親のものだった、と言えなかったのは、多分、俺がまだ心のどこかで両親は生きていると思っているからだ。

「母さんも、ミュアほどではないが、昔は有名な剣士だったらしい。もっとも、別の大陸で活動していたみたいだから、この国では無名みたいだけどな」

「そうなんだ。……じゃあケイル君のお父さんも、出身はこの国じゃあないの？」

「ああ。父さんは冒険家だったらしい。冒険の途中で母さんと出会い、そのまま世界各地を渡り歩いた末に、この国で家を買うことにしたとか」

「ふうん。なら、もしかしたらケイル君のお父さんとお母さんは、今頃どこかで冒険しているのかもね」

「それは……有り得るな。今思えば父さんも母さんも、滅茶苦茶な性格をしていたから」

両親は失踪する前、よく俺とミュアを遊びに連れていった。美しい自然を堪能したこともあれば、荘厳な神殿に案内されたことも、物々しい遺跡を探検したこともある。しかしあれは、俺たちを楽しませるというより、単に自分たちが楽しみたかっただけではないかと思う。父も母も、俺とミュア以上に楽しそうにしていた。

そんな風に過去を懐かしんでいると——ふと、クレナがこちらを黙って見ていることに気づいた。

「ケイル君、やっぱり私、明日からは他のところに泊まるよ」

クレナが視線を落として言った。

「ここにはケイル君たち家族の思い出がいっぱい詰まっているから。私のせいで、それを危険に曝したくない。……それに、ミュアちゃんとの約束を破るのも、後ろめたいしね」

妙な気を遣わせてしまった。

とは言え、クレナが無理している様子もない。彼女自身がそう決めたのであれば、俺が文句を言う筋合いもないだろう。

「……しかし、宿は危険だぞ」

「そうだね。うーん、どうしよっかな」

二人して悩む。

今頃、ミュアはギルドにいるだろうか。今から会いに行き、改めて交渉した方がいいのかもしれない。

そこまで考えたところで、俺はふと気づいた。

「ギルドだ。ギルドの宿泊施設に泊まればいい。あそこなら警備も整っているし、個人情報の取り扱いも信頼できる」

自分がギルドに所属していないため、すっかり気がつかなかった。

この手があったかと我ながら感心する。寧ろギルドなら俺の家よりも安全である。国が運営しているため情報の漏洩にも厳しい。帝国軍が宿泊者名簿を求めてきたとしても、正当な手順を踏まない限り突っぱねる筈だ。

「私、ギルドを利用したことないんだけど、その宿泊施設って誰でも使えるものなの？」

「俺も使ったことがないから詳しいことは分からないが、そんなに手間は掛からなかった筈だ。明日、放課後になったら早速ギルドに行ってみよう」

「うん！」

楽しそうにクレナが頷く。

「あ、私、食器洗っておくね」

「俺も手伝おう」

「ううん、せめてこのくらいは私にやらせて」

クレナが台所に向かう。

カチャカチャと食器の音が聞こえる中、俺は後ろのソファに首を載せて天井を眺めた。

(なんか新婚さんみたいだな)

思わずそんなことを考える。

「なんか新婚さんみたいだね」

台所でクレナが言った。全く同じことを思っていたが、それを口にするのは少し恥ずかしいので、適当に相槌を打つ。

「よし。これで全部、終わったかな」

食器を洗い終えたクレナがタオルで手を拭く。

「クレナ、そろそろ風呂が沸くから先に入ってきたらどうだ」

「え、沸かしてくれたの？　私シャワーだけでも良かったのに」

「客人を湯船につからせないのも変な話だろ」

「でも……私が入った後、張り替えるんでしょ？」

「……まあ、ミュアはそう言っていたけどな」

律儀に守る必要はないと思うが、クレナが気にするなら守っておくべきだろう。

「ミュアちゃん、なんでこんな変な条件をつけたんだろうね。……はっ！　まさかケイル君、いつもミュアちゃんが入った後のお湯で、やましいことをしてるんじゃ……」

「いつもは俺が先に入ってるから、その心配はない」

寧ろ俺がミュアのことを警戒しているのだが、流石にあいつもそこまでの変態行為には走っていないだろう。

「ミュアちゃん……私たちが、やましいことをすると思ってるのかな？」

「まあ、この時間に異性を家に連れてきたわけだから。疑ってしまうのも分かるが……」

ははは、と笑い合っていると……クレナの顔が急に紅潮した。

多分、俺の顔も赤く染まっているのだろう。

余計なことを口走ったせいで、余計なことを意識してしまった。

「……その、あくまで例え話だからな？」

「そ、そうだよね。うん。そうだよね……」

気まずい空気の中、クレナは徐に立ち上がった。

「じゃあ、その……お風呂、行ってきます」

「ああ。……ミュアの服は、二段目の棚に入ってるから」

コクリと小さく頷いて、クレナは脱衣所の扉を閉めた。

「……ミュアのようにはいかないか」

同じ異性とは言え、兄妹と友人でこれだけ態度が変わってしまうとは。

悲しいことに、今までろくに異性と接していなかったため、耐性が殆どない。日頃、ミュアと話しているから苦手意識はないと思っていたが、苦手でないからと言って平静でいられるとは限らないようだ。

のんびりと水を飲みながら、三十分ほど待った後。

「あ、あの、ケイル君……」

脱衣所の方から、クレナの声がした。

「どうした？」

「えっと、その……わ、私、ケイル君の服は借りちゃいけないんだよね……？」

「別に俺は構わないが、ミュアとの約束は破りたくないんじゃなかったのか？」

「そ、そう、なんだけど……」

ガラリと脱衣所の扉が開かれ、顔を真っ赤に染めたクレナが出てきた。

「こ、これ、その……きつくて……っ」

「ぶ――っ⁉」

現れたクレナの格好を見て、俺は水を噴き出した。

クレナが着ていたのは、ミュアが普段使用している薄桃色のパジャマだった。

ただ、そのサイズがかなり小さい。ボタンは最後まで閉じられなかったのか、胸元が大胆に露出しており、その形もはっきりと透けて見える。下にはショートパンツをはいているが、こちらも足の付け根まで見えており、はち切れそうなほど生地が引っ張られていた。

「だだ、駄目だよね、流石にこれは駄目だよねっ⁉」

「駄目に決まってるだろ！」

犯罪だ。色んな意味で。

「ふ、服は貸すから、脱衣所で待っててくれ」

「おおおお願いします！」

すぐに目を逸らして俺は部屋から使っていない服を取り出す。

元々クレナとミュアでは体型に大きな差がある。クレナは同世代と比べてどちらかと言えば発育が良い方だ。一方ミュアは、正直言って初等部の頃から全く変わっていない。

加えて、クレナには羽と尻尾が生えている。だからあんな中途半端な着方になってしまったのだろう。

「……思い出すな」

こうなってしまうと、ミュアがいてくれた方が良かったかもしれない。今、クレナと顔を合わせれば変な気分になってしまいそうだ。

できるだけ煩悩を振り払い、俺は脱衣所の中にいるクレナへ服を渡した。

「お、お騒がせしました……」

ぶかぶかのパジャマを纏ったクレナが、恥ずかしそうに脱衣所から出てきた。

◆

再び湯を沸かすのは面倒だったので、俺はシャワーだけで済まして風呂からあがった。

途中、冷水を浴びたのが功を奏したのか、煩悩は無事に払うことができた。

部屋着を身に纏って脱衣所から出る。リビングに向かうと、そこではクレナが一冊のノートを開き、静かに中のページを眺めていた。

「何してるんだ？」

「あ、これ？」

クレナがページを開いて見せてくれる。

見開き一杯に、赤やピンクなどカラフルな文字が書き殴られていた。

癖のある文字で読みにくかったが、その内容はすぐに理解できる。

――学園行事だ。

体育祭、文化祭、他校との交流会、修学旅行――ヘイリア学園で行われるイベントの日程や内容が、可愛らしい文字で、大きく記されている。

「本当に……学園を、楽しんでいるんだな」

「……うん」

クレナが無垢な笑みを浮かべて言う。

「やっぱり私、吸血鬼領を出て良かったよ。あそこに引き籠もったままだと、こんな経験できなかったし。……危険な目には遭ったけど、後悔はしていない。私、これからも学園に通い続けたいと思ってる」

そう告げるクレナに、俺も顔を綻ばせた。

「直近だと、武闘祭があるな」

「武闘祭？　あ、夏休みが終わった後にあるやつだね！」

「ああ。学園が主催するイベントで、簡単に言うと王都で誰が一番強いのかを競い合う祭りだ。去年は近衛騎士団の団長とか、各ギルドの上位ランカーも来ていたな」

「え、それってどっちも凄く偉い人なんじゃないの？」

「そうだな……俺みたいな一般人にとっては、雲の上にいる人たちだ」

へぇー、とクレナは興味深そうに頷く。

「私も参加できるのかな」

「参加したいのか？」

「お祭りには全力で参加する主義です」

胸を張ってクレナは言う。なんとなくそんな性格な気はしていた。

「参加ならできると思うぞ。まあ、本戦に進むには予選で勝たなくちゃいけないが」

「よし、じゃあ頑張らなきゃだね」

拳を握り締めてやる気を漲らせるクレナ。

そんな彼女に、俺は小さく呟いた。

「……帝国軍との問題、早く解決したらいいな」

「……うん」

この件が解決したら、クレナも余計なことを考えずに学生生活を謳歌できる筈だ。

（俺たちの方から、何か行動することはできないだろうか……）

現状、クレナは追手を撃退することで軍の計画から逃れようとしているが、何かこちらからも軍に打撃を与えることはできないか、考える。

「クレナ。特種兵装の開発は、秘密裏に行われているとはいえ、軍が主導しているんだよな？　なら、国がそれを許しているということか？」

「ううん。それは違うと思う。私も返り討ちにした敵から情報を引き出して、色々と調べたんだけど、どうも帝国は一枚岩じゃないみたい。……過激派っていうのかな？　帝国の中には、種族戦争はまだ終わってないと主張する人がいて、その人たちが独断で特種兵装の開発を行ってるんだって」

なら――最悪の事態ではない。

いくらなんでも国を相手に戦うのは無謀だ。しかし話を聞く限り、敵は国ではなく、国の監視を掻い潜って活動する裏の組織である。

「過激派たちが、国の監視を掻い潜って兵器を開発しているということか。……ならいっそ帝国に抗議したらどうだ？　クレナが過激派に襲われたという事実は、穏健派にとっては喉から手が出るほど欲しい情報の筈だ。ちゃんと捜査もしてくれるだろう。……帝国が一枚岩でないというなら、もう一枚の方を味方につければいい」

帝国が味方であれば――という前提だが。

帝国は少なくとも表向き、アールネリア王国と同じく、多様な種族を容認している国家だ。その国が特種兵装なんてものを開発していると知られたら、最悪、国際問題に発展しかねない。それは帝国全体としても好ましくないだろう。火が見つかれば、それが大火事に発展する前に、素早く消火してくれる筈だ。

なんてことを考えていると、クレナが感心した様子でこちらを見ていた。

「……ケイル君って、頭いいんだね」

「なんだよ急に」

「いやー、自分が被害に遭ってるわけじゃないのに、よくそこまで頭が回るなーって」

「……俺も被害には遭ってるだろ。護衛は引き受けたが、あの日の夜みたいな危険なことは、できるだけ避けたいからな。頭を回すしかない」

頭がいいなんて言われたことは一度もない。

悪い気はしなかったが、結局、問題を解決できなければ意味がない。

「そうだね。……でも、さっき言ってた帝国へ抗議するという案は難しいかな」

「どうして」

「既に実行したもん。でも襲撃は止まなかった。……多分、帝国は私の抗議を、小娘の戯言と処理してる」

それは……少々、怪しい話だ。

クレナは吸血鬼社会では貴族に該当する。ただの小娘ではない。にも拘わらず、帝国はまともに取り合っていないということか？

「帝国は、王族かつ純血の血を求めているんだろ？　なら、他の吸血鬼は被害に遭ってないのか？　クレナ一人じゃ無理でも、被害者たちで徒党を組めば……」

「あのね……今思えば、帝国は最初から私だけを狙っていたのかもしれない」

「クレナ、だけ？」

「昔から……吸血鬼領にいた頃から、偶に帝国の軍人が私に会いに来ていたの。私は子供の頃からその人たちに血液検査を受けてきた」

「血液検査？」

「うん。私、他の吸血鬼と比べて格が高いんだって」

「格って……身分って意味じゃないよな？」

　クレナが頷く。

「人間と違って、亜人には能力の他にもう一つ、その人の強さを示す指標があるの。それが格。……格が高い亜人は、種族特性以外にも、身体能力とか精神力とか、色んな力が生まれつき高い。……つまり、文字通り格が違うってことになる」

「……じゃあクレナの場合、その格が不自然なくらい高いから、検査を受けていたということか？」

「うん。まあ高いと言っても、王には程遠いけれどね」

「王？」

俺が訊くと、クレナは歩きながら説明する。

「吸血鬼の王様。昔から亜人社会では、最も格の高い人が王を務めることになってるの。私も一度だけ吸血鬼王を見たことあるけれど……あの時は、目を合わせた瞬間、無意識に跪いちゃった。……そのぐらい、王と私たちには格の差がある」

「人間の王様とは、随分と仕組みが違うんだな。実力主義というか……」

「あはは、まあ亜人の場合……見ただけでその人の格の高さが、なんとなく分かるからね。飛び抜けて格が高い人には、誰も逆らえないし、逆らう意思を持つことすら難しい。だから自動的に、その人が王になるって感じかな」

思ったよりも、行き当たりばったりな制度だ。

しかし現に亜人の社会はこうして昔から回っているのだ。人間の俺には格がどういったものなのか分からないが、亜人にとっては生きていく上で大切なものなのだろう。

「話を戻すけれど……吸血鬼領で血液検査を受けていたのは私だけだった。だから、狙われているのは私だけかもしれないって思ったの」

その仮説は正しい気がした。

単に王族かつ純血の血が欲しいのであれば、クレナ以外にも標的はいる筈だ。件の血液検査の実態が、軍の兵器開発に関するものだった場合、帝国軍は初めからクレナを狙い撃ちしていた可能性が高い。

もしこれが真実だとしたら——既にクレナの血は、何度も帝国の手に渡っている。

クレナにとっては最悪な気分だろう。自分の血が兵器の開発に利用されているのだ。その心中は俺には推し量れない。

「ごめんね、こんな大事に巻き込んじゃって」

落ち込んだ様子でクレナが言う。

「その分の報酬はもらってる。……一日につき、金貨五枚。忘れるなよ？」

冗談めかして告げる。

クレナは笑みを浮かべて「うん！」と答えた。

翌日の放課後。学園を出た後、俺とクレナはギルドへと向かった。

「うわー、でっかいねー」

目の前の建物を見て、クレナは感動する。

ギルド――天明旅団。

アールネリア王国には数々のギルドが存在するが、中でも天明旅団は規模が大きく、知名度も高い。王都グランセルにはその本部が置かれており、そちらの設備は非常に充実しているという噂だ。

天明旅団については妹のミュアから何度か話を聞いている。ここはミュアが所属しているギルドだから、信用もできるだろう。

中に入ると、清潔感のある内装が俺たちを迎えた。

ギルドの種類によっては、フロントが酒場のような雰囲気になっている場合もある。冒険者ギルドなどがいい例だ。一方、天明旅団は総合ギルドに該当する。文字通り冒険者のみならず、商人や鍛冶師など、あらゆる職掌の者が所属できるギルドだ。

「ケイル君。あれって、ミュアちゃんじゃない？」

クレナが何処かを指さして言う。

そこには――。

「……ミュア、だな」

剣姫ミュアを表す絵画がギルドの壁に大きく掛けられていた。絵画の中のミュアは、まるで深窓の令嬢であるかのように上品な微笑を浮かべており、その手に握る一振りの刀が神々しく輝いていた。

世間のミュアに対するイメージは知っていたが……これはやり過ぎだ。

ミュアは、本当はもっと子供っぽい。

「ケイル君が、ミュアちゃんの兄だって知られたら、ちょっとヤバそうだね」

「ああ。……まあでも今回は、そうならない予定だ」

クレナは「そうだね」と頷いた。

「いらっしゃいませ。新規登録ですか？」

受付嬢が俺たちの顔を見るなり言った。どこで判断しているのかは不明だが、俺たちは一目で新参者だと気づかれたらしい。

「はい」

「畏まりました。……二人とも吸血鬼のようですね」

受付嬢が、俺とクレナの瞳の色を確認して言った。

今、俺の瞳は紅色になっている筈だ。

ギルドに来る前に、俺はあらかじめクレナの手によって眷属にしてもらっていた。ギルドへの加入条件は、能力の制御が可能であることを証明することだ。俺は人間のままだと自分の能力が使えないため、眷属になり、吸血鬼の力を得なければならない。

今回、俺は人間ではなく、吸血鬼のフリをしてギルドに登録することにした。

だからミュアの兄であることが露見することもない。

「ギルドへの入団条件は、能力の制御が可能であると証明することです。吸血鬼用の入団試験の準備をいたしますので、少々お待ちください」

そう言って受付嬢がカウンターの奥にある部屋へ向かう。

暫く待っていると、隣のカウンターから怒鳴り声が聞こえてきた。

「だから、俺が剣姫の兄だって言ってんだろ！」

「ですからお客様。何か証拠を示していただかないと――」

「この髪の色を見ろ！　剣姫とそっくりの銀髪だろうが！」

背中に大剣を背負った、ガタイのいい男が、受付嬢に迫っていた。

受付嬢は溜息を零し、疲れた様子で対応している。

「お待たせしました」

俺たちの担当をする受付嬢が、奥の部屋から戻ってきた。

「あ、あの。あれは……？」

「ああ、偶にいるんですよ。剣姫様の兄を名乗って、うちに登録しようとする人が」

どういうことだ？

クレナと顔を見合わせ、首を傾げていると、受付嬢が説明した。

「剣姫様に兄がいることはご存知ですよね？」

「は、はあ、まあ」

いや、そんな……一般常識みたいに言われても。

「剣姫様は、お兄様のことをとても尊敬しているみたいでして。いつか、お兄様が天明旅団へ登録しに来る時のために、様々な支援の用意をしているんです」

「支援、ですか？」

「はい。具体的には、金貨三百枚と、各国を自由に出入りできるS級通行証、王家御用達の白兎馬を用いた馬車に、一泊金貨二十枚もする高級宿一年分の予約、後は名だたる商人や冒険者たちとの顔合わせの機会や、諸侯貴族への紹介状など――」

「も、もういいです！　十分、わかりました！」

おい。………おいッ！

ミュア！　幾らなんでもやり過ぎだ！

状況は理解できた。つまりその支援の内容が、いつの間にか外部に漏れてしまったのだろう。だから、それを目当てにミュアの兄を偽る者が現われたのだ。

「ケイル君……私の報酬、いらなくない……？」

「……いや、そんなことはない」

クレナの震えた声に対し、俺は顔を顰めて答える。

「このままだと……俺は一生、ミュアに養われるような気がする」

「……確かに」

クレナが納得する。

しかし正直なところ、今まさに俺たちは宿や馬車を求めていた。暫く身を隠すための宿と、いざという時に逃げるための乗り物。この二つを得るためには……俺がミュアの兄だと名乗り出るのも悪くないかもしれない。

「ちなみに、お兄様の容姿は黒髪とのことですから、あの男は偽物です」

「……成る程」

受付嬢の言葉に納得する。

「あと、その瞳は全てを飲み込む夜空の如く、慈愛に満ちた黒色で、うっすらとした唇から は雄々しい色気が漂い、手足はスラリと長く、無駄のないモデルのような体つきで……すれ違えば誰もが振り向くほどの美形であるとか……」

誰のことを言ってるんだ？

少なくとも俺のことではない。どうやらミュアには俺とは別の兄がいるらしい。

隣で、クレナが笑いを堪え切れず「ぶふぉっ！」と噴き出した。

これはもう、駄目だ。ここで俺がミュアの兄だと名乗り出たところで、鼻で笑われるのが目に見えている。

もっとも……よく考えれば、最初からミュアの支援を受け取るのは難しい。

ミュアが用意してくれた支援の内容は、既に外部へ漏れているのだ。それを受け取ってしまうと、金貨や馬を狙った悪漢どもに十中八九、襲われる。ただでさえ帝国の軍に追われている俺たちが、これ以上、敵を増やすわけにはいかない。

「それでは、入団試験の説明をいたします」

そう告げる受付嬢は、両手に水の入ったグラスを持っていた。

「吸血鬼の方々には、水とグラスを利用した試験を受けていただいています。こちらに血を一滴入れ、一分間、水に溶けないよう維持してください」

「なるほど……面白そうっ！」

クレナが弾むような声音で言った。

これで吸血鬼の能力を測ることができるということか。……確かに少し面白い。

「それでは、始めてください」

受付嬢の指示に従う。俺とクレナは、差し出されたナイフで指先を軽く切り、ほぼ同時にグラスへ一滴の血を垂らした。

三十秒が経過した。

まだ、俺の方は余裕がある。隣のクレナを一瞥すると、余裕の笑みを浮かべていた。クレナは王族で、しかも純血の吸血鬼だ。ギルドへの加入条件くらい、余裕で満たしているだろう。

（余裕、というか……負担を感じないな）

グラスを見ながら考える。水の中の血は、全く溶けることなく、球状のままグラスの中央に浮いていた。一応、その形状を維持するように頭で念じてはいるが、どれだけ時間が経っても負担を感じることはなかった。

「一分が経過しました。……おめでとうございます、二人とも合格です」

　クレナが「ふぅ」と安堵に胸を撫で下ろした。

　互いに顔を見合わせて笑みを浮かべる。俺も内心、ギルドに登録できたのは嬉しかった。今までは無能力ゆえに登録すらできなかったが、これからは自由に活動できる。もうミュアにばかり負担をかける必要もない。

「お二人さえよろしければ、このまま続けることも可能ですが、どうしますか？」

「続ける？」

　受付嬢の言葉に、俺は訊き返した。

「試験はこれで終了ですが、入団希望者の中には自分の限界を知りたいと言って、最後まで続ける方も結構いるんですよ。この試験は吸血鬼の方々にとって、自分の実力を証明するものにもなりますし。長い人だと、稀ですが、五分近く維持できる方もいましたね」

「ご、五分⁉　それは流石に、厳しいかも……」

　クレナが驚愕して言う。

　少し考えて、俺は答えた。

「すみません。この後、予定がありますので」

「わかりました。ではこちらのグラスはお下げいたします」

受付嬢がグラスを持って、奥の部屋に向かう。

それと入れ替わるかのように、赤い短髪の、大きな男がやってきた。

「ん？　お、新入りか？」

「そう、ですが」

カウンターの向こうからやってきたということは、この男もギルドの関係者だろう。

しかし、筋骨隆々の目立つ体格をしているため、机仕事をしているようには見えない。

「ガリア＝ブロニクス。ギルド天明旅団のマスターをやっている者だ」

マスター。つまり、王国随一の規模を誇るギルド天明旅団の、最高責任者だ。

そんな大物に声を掛けられるなんて全く思っていなかった俺たちは、つい硬直した。

鼻白む俺たちを、ガリアさんは顎髭を撫でながら観察する。

「見た感じ、どちらも格が高い吸血鬼だな。有望な新人が入ったようで嬉しいぜ」

その一言に、クレナが目を丸くした。

「人間なのに格が分かるんですか？」

「これでもマスターだ。そこらの人間とは経験が違うんだよ。亜人の王にも何度か会ったことあるしな」

ガリアさんはガハハ、と豪快に笑いながら言った。

「で、お前ら、名は？」

その問いを受けて、俺は少し緊張した。

名前。――ここで本名を告げるわけにはいかない。ミュアの兄だと名乗るつもりはないし、それに俺が吸血鬼ではなく人間であると発覚するのもマズイ。

だから――。

「ノウンです」

俺が言う。

「アンです」

続けて、クレナも言った。

俺と同じようにクレナも偽名だ。彼女は今、帝国の軍に追われている。馬鹿正直に本名を告げる必要はない。

「ノウンに、アンか。……二人揃って正体不明（アンノウン）とか言うんじゃねぇだろうな」

「言いませんよ。この名前は偶然です」

二人揃って正体不明（アンノウン）である。

ガリアさんの勘は正しかった。

「まあいい。んじゃ、この用紙に記入しな」

カウンターに出された二枚の用紙に、俺とクレナはそれぞれ記入を始めた。

昔、ミュアに聞いた通りだ。

天明旅団は偽名での登録を黙認する。……かつて、公爵家の長男が身分を偽って登録しにきたことが切っ掛けらしい。後日、身分の詐称が明らかになったものの、その人物は既にギルドに欠かせない逸材になっていたらしく、やむを得ず身分詐称を黙認したそうだ。以来、天明旅団は偽名を黙認している。

「あの、このギルドには宿泊施設があるんですよね？」

用紙への記入を終えた俺は、早速、本題を切り出した。

「あるにはあるが、利用できるのはEランク以上の団員に限る。登録したばかりのお前たちはまだFランクだから、利用できないぞ」

ガリアさんの回答に、隣でペンを走らせていたクレナが手を止め、顔を上げた。

登録したばかりでは宿を利用できないらしい。……しまった。それは知らなかった。

「な、なら今日中にランクを上げることは可能でしょうか。どうしても今晩、泊まりたいのですが」

「……うちはポイント制だ。団員は、依頼を達成することで、その難易度に合わせたポイントを獲得し、これが一定の値に達するとランクが上昇する。今日中にEランクに上がりたいなら、とにかく高ポイントの依頼を請けるしかねぇな」

「高ポイントの依頼、ですか？」

「ああ。当然、依頼自体の難易度も高くなる。と言ってもお前たちはＦランクだから、そこまで難しい依頼は請けられねぇけどな」

ランクは依頼の受注条件にも関係する。

高難易度の依頼は、高ランクの団員でないと受注できないことが多い。

「Ｅランクへの更新条件は、百ポイント以上の獲得だ。本当はポイントをとった後、試験と面接をする必要もあるんだが……お前たちの格なら、遅かれ早かれＤランク以上にはなるだろう。今日中に百ポイントを獲得できたら、俺の権限で試験と面接を免除してやる」

「あ、ありがとうございます！」

深々と礼をする。

その後、ガリアさんは二枚の用紙をカウンター奥にある部屋に持っていった。暫くすると、最初に試験を担当した受付嬢が、二枚のカードを持ってくる。ギルドカードと呼ばれる、ギルドの団員であることを証明する道具だ。

カードの中心には「Ｆ」と記されていた。ここに今のランクが記されるようだ。

晴れて天明旅団の団員になった俺たちは、早速、依頼を探した。

「百ポイント以上獲得できる依頼は……あ、これとかどうかな!?」

掲示板に張り出された羊皮紙を、クレナが指さす。

そこに記されていた依頼の内容は――。

「ゴブリンの巣の破壊か。……俺、ゴブリンすら討伐したことないんだが」

「大丈夫！　私は何度かあるし！　あ、でも巣の破壊となると、ちょっと火力が足りないかも……」

ゴブリンは緑色の皮膚をした、人間の子供のような魔物である。一体一体は弱く、初心者でも簡単に倒すことができるが、巣を破壊するとなると群れとの戦闘になるだろう。俺やクレナに、群れを一掃するだけの力はない。

「困ってる？」

その時。一人の少女が、俺たちに声をかけてきた。

長い金髪に、黒いリボン。虎の耳を生やした長身痩躯の少女だった。

「アイナ？」

「久しぶりね」

以前、学園のサバイバル演習で遭遇した獣人の少女だ。

かつて俺を、獣人の眷属にした張本人でもある。

「ケイル君、この人は……？」

クレナがおずおずと尋ねると、俺ではなくアイナ自身が応じた。

「アイナ＝フェイリスタン。貴女たちと同じ、ヘイリア学園の高等部一年よ」

簡素な自己紹介を済ませたアイナは、

「困ってるようなら、私が手伝ってもいいけれど」

「それは助かるが……アイナも、このギルドに登録していたのか？」

「ええ。……これが証拠」

アイナがポケットからギルドカードを取り出し、見せてくれる。

カードの中心には「Ａ」と記されていた。

「Ａランク⁉」

ギルドでも有数の実力者である証拠だ。

サバイバル演習の時にも感じてはいたが、やはり彼女の実力は高い。しかしアイナの方を見ると、誇らしそうにはせず、相変わらずの無機的な表情を浮かべていた。

「受ける依頼はこれ？」

そう言ってアイナは、俺たちが見ていた依頼書を指さす。

「あ、ああ。……その、手伝ってもらってもいいか？」

「勿論。持ちつ持たれつよ」

俺が彼女の何かを持ったことなど、今のところ一度もないのだが……。

アイナは掲示板から依頼書を剥がし、慣れた様子でカウンターの方へ持っていく。

受付嬢が、依頼用紙に大きな判子を押した。

「お、あの二人が出発したか。依頼は何を請けたんだ？」

ギルドを出ていくケイルたちの後ろ姿に気づき、ガリアは隣の受付嬢に声をかけた。

「ゴブリンの巣の破壊です」

「Fランクがやるには、ちょいと難易度高めの依頼だな。まあしかし、今日中に百ポイント稼ぐとなると妥当か」

顎の髭を撫でながら、ガリアは呟く。

「ところでお前、ノウンとアンの入団試験を担当しただろ。グラスと水は片付けたか？」

「あ！　すみません、忘れてました！　すぐに片付けます！」

受付嬢が慌ててカウンター奥の部屋に入った。

天明旅団は規模が大きいわりには本部で働く人員が少なく、そのため忙しさに比例して些細なミスが増える。特に最近は剣姫の兄を詐称する輩がよく現われるため、余計な業務も増えつつあった。

カウンターにまた、新たな客が現われる。

ガリアは、グラスを片付けに行った受付嬢を呼び戻すために、カウンターの奥にある部屋へと入った。そこで――。

部屋の中央で、受付嬢は何故か、呆然と立ち尽くしていた。

「おい、どうした」

「マ、マスター……」

振り返った受付嬢は、驚愕のあまり顔を蒼白く染めていた。

「……き、吸血鬼の試験の、最高記録って、どのくらいでしたっけ？」

「最高記録？　……ちょっと待ってろ」

ガリアは壁際の棚から一冊のファイルを取り出した。このファイルの中には、吸血鬼の入団試験に関する書類が保管されている。

パラパラと書類を指で捲ったガリアは、やがて目当ての情報を見つけた。

「最高記録は、現吸血鬼王の弟……ギルフォード＝T＝オーディルニーズ様の、七分四十二秒だな。流石に王様の弟だけあって、他の吸血鬼とは一線を画している。……この記録を抜けるのは、ギルフォード様の兄、つまり吸血鬼の王くらいだろうよ」

「そ、それが、その……」

受付嬢が震える指先で、ある方向をさした。

そこには、先程の入団試験で利用したグラスが置かれていた。

「ノウンさんが使っていたグラス……もう、十分以上、経っているのに…………」

ケイルが利用したグラスの中を見て、ガリアは絶句した。

水の中央には、赤い血が溶けることなく残っていた。

◆

依頼を受注した後、俺とクレナはアイナが手配した馬車に乗り込んだ。

伊達にAランクではない。アイナは俺たちの前で手際よく馬車を手配し、御者との値段交渉も行ってくれた。初心者の俺たちにとっては、この上なく頼もしい味方だ。

蹄の音を聞きながら、王都を出て数分が経過した頃。

「ケイル」

馬車に揺られながら景色を眺める俺に、アイナが声をかけてきた。

「アイナか。なんだ?」

「何故、ノ、ノウン?」

言葉足らずの質問だったが、意味は理解できた。

俺が何故、ギルドでノウンという偽名を使っているのか訊きたいのだろう。

「……ギルドに登録するためだ。人間のままじゃ、能力を使えないからな」

「それなら、私の眷属になればよかったのに」

会って間もない相手に頼めることではない。天明旅団は偽名での登録を黙認しているとは言え、本来それは認められるべきではない行為だ。俺とクレナも、やむを得ないからそうしているに過ぎない。

それに、俺はともかくクレナの事情を彼女に話すわけにはいかない。下手に踏み込まれると、彼女も標的にされる可能性がある。

「ねえ、ちょっと」

その時、クレナが声をかけてきた。

「アイナさんだっけ? ケイル君の知り合いみたいだけれど……もしかして、貴女がケイル君を獣人にしたの?」

「そうだけれど」

「やっぱり……」

クレナは立ち上がり、腕を組んだ。

「この際だから、はっきり言っておくけれど——ケイル君は私の眷属よ。もう貴方の眷属にはならないから」

クレナがはっきりと言う。

確かに今は彼女の眷属だが……それはあくまで、護衛が終わるまでの期間だけだ。その後の行動は俺の自由である。

「それは困るわね」

アイナは普段通りの無機的な様子で言った。

「今は何をしていてもいい。でも、最後は私のもとへ来て欲しい」

それは——どういう意味だろうか。

少し狼狽する。クレナも目を見開いて硬直した。

「大丈夫。丁重にもてなすわ。側室も十人ぐらい用意する」

「側室⁉」

とんでもない単語が現われ、声を上げて驚愕した。

「ケ、ケイル君！　どういうこと!?　こ、この獣人は、何の話をしているのかなぁ!?」

「し、知らん！　俺だって意味が分からない！」

クレナが焦燥しながら詰め寄ってくる。

だが本当に心当たりがない。そもそもアイナと会ったのも、これで二度目なのだ。

「そろそろ目的地ね」

騒ぎを起こした張本人であるアイナは、マイペースにそんなことを呟いた。

◆

「巣は、あの洞窟か」

馬車を降りた先には、険しい山が屹立していた。

ギルドに張り出された依頼用紙から、ゴブリンの巣に関する情報は一通り手に入れている。情報通り、ゴブリンの巣は、山の麓にある洞窟らしい。

洞窟の周辺には、見張り役と思しきゴブリンが複数いた。

軽く数えるだけでも二十匹以上はいる。

「……見張りにしては、数が多いね」

「見張りというより、洞窟に入りきらなかった個体だと思うわ。……あれを全部倒すのは面倒（めんどう）ね。いい方法を考えましょう」

警戒（けいかい）するクレナの隣で、アイナは提案した。

良く見れば洞窟の周辺に、ゴブリンたちが使う野営の道具がある。洞窟に入りきらなかったゴブリンたちは、あれで夜を越（こ）しているのだろう。

「二人は『血舞踏（ブラッディ・アーツ）』を使える？」

アイナが俺たちに訊く。だが、俺はその単語に聞き覚えがなかった。

「『血舞踏（ブラッディ・アーツ）』？」

「吸血鬼の種族特性を利用した、独特な戦闘術のことだよ。というかケイル君、今まで何度か使ってたんだけど……もしかして知らずに使ってた？」

「……ああ」

「……そんな簡単に使えるものじゃ、ない筈（はず）なんだけどなぁ」

クレナが訝（いぶか）しむように俺を睨（にら）みながら呟く。

二人が言う『血舞踏（ブラッディ・アーツ）』について、心当たりはあった。クレナと出会ったあの夜、悪魔（あくま）の男を撃退（げきたい）するために使用した紅色の斬撃や、ローレンスを倒した際の大きな斧（おの）だ。

「二人とも使えるという認識（にんしき）でいいのかしら」

「……ああ」

アイナの問いに、俺は頷いた。

「なら、ゴブリンとの戦闘に負けることはないわね」

そう言って、アイナは眦鋭くゴブリンの巣を見据えた。

「……巣の主を叩きましょう」

「主？」

アイナの言葉に、俺は疑問を発する。

「洞窟内からホブ・ゴブリンの臭いがする。恐らくこの個体を倒せば、周りの雑兵たちは巣から離れていく。……それから巣を破壊すればいい」

ホブ・ゴブリンはゴブリンの上位種で、通常のゴブリンよりも大きくて力がある。ゴブリンたちを統率することもあるというが、今回はまさにそのケースらしい。

なら、その統率者を倒すというアイナの作戦は理に適っている。

「二手に分かれましょう。外の魔物を引き付ける役と、中に入ってホブ・ゴブリンを倒す役。……できれば後者に二人欲しいわ」

「陽動が一人、本命が二人だな」

「ええ。できれば陽動は、貴方たちのどちらかに任せたい。『血舞踏』は集団戦にも強いし、目立つから、陽動にうってつけだと思う」

　本来、陽動は本命よりも多人数で行うべきだが、確かに吸血鬼の能力である血の操作は視覚的に派手であるため一人でも十分、効果的である。

「じゃあ、私が陽動役を担うよ」

　クレナが立候補した。

「陽動は一人でやるんでしょ？　なら、吸血鬼としての戦いに慣れている私の方が、いざという時の判断も的確にできると思う」

　確かにクレナの言う通りだ。

　仮に今の俺がどれだけの力を持っていようと、経験不足であることは否めない。吸血鬼としての、単身での戦いに慣れていない以上、ここはクレナに任せるべきだろう。

「しかし、クレナ一人で大丈夫か……？」

「ゴブリンくらい心配ないよ。前にも言った気がするけど、これでも私、王族かつ純血の吸血鬼なんだから。並大抵の敵には負けない……筈」

　最後にクレナは若干、言い淀んだ。

　俺が初めて見たクレナは、まさに敗北寸前の状態だったため、どうしてもそちらの印象の方が強い。……果たしてクレナは本当に強いのだろうか。

「私たちがホブ・ゴブリンを倒したら、巣の中にいるゴブリンたちが一斉に外へ出ると思う。クレナはタイミングを見計らって離脱して」

「分かった」

アイナの説明に、クレナは頷いた。

「それじゃあ、すぐに行動に移しましょう」

アイナが軽く身体を解し、準備する。

俺はその様子を傍目に見つつ、クレナを手招きし、こっそり耳打ちした。

「もし帝国軍が来たら、依頼のことは二の次にして隠れてくれ」

「うん……そうさせてもらうね」

アイナを見習い、俺も軽く手足の筋肉を解す。

一分後、俺たちは行動を開始した。

◆

アイナと共に洞窟へと接近する。

周囲のゴブリンに気づかれないよう、足音を立てず、息を潜めて移動した。

「ケイル、私の後を」

アイナの指示に無言で従う。

獣人は人間や吸血鬼と比べて、自然環境に適した能力を持っている。鋭い嗅覚や聴覚でゴブリンの警戒網を探り、アイナは俺を洞窟へと先導した。

「後ろは任せるわ」

「ああ」

任せると言われても、俺の役目は警戒であって戦闘ではない。

戦闘は最小限でいい。俺とアイナの目的はホブ・ゴブリンを倒すことだけだ。現にアイナも、無駄な戦闘を避けるよう意識して動いていた。

前方を歩くアイナが足を止め、唇に人差し指を立てる。そのジェスチャーに従い、俺は口を閉ざした。物陰に隠れる俺たちの目の前を、二体のゴブリンが通り過ぎる。

ゴブリンは洞窟内に巣を作ることが多い。しかし本来は夜行性ではなく、完全な暗闇では目が見えないため、洞窟内にはあちこちに篝火が設置されていた。これで俺たちも視界を確保できる。

「……分かれ道だな」

暫く洞窟を進むと、分かれ道に差し掛かった。

道はそれぞれ左右に延(の)びており、どちらも暗がりが広がっているため先が見えない。

「こっち。臭いがする」

アイナが正しい道を選ぶ。

分かれ道に入った、その時——横合いから三体のゴブリンが飛び出した。

「アイナ！」

「一体任せる」

アイナの指示を受け、俺はすぐさま腰(こし)からナイフを取り出した。

ギルドへ登録する前、クレナから「持っておいた方がいい」と言われ、渡(わた)されたものだ。

ナイフで自身の手の甲(こう)を軽く斬(き)り、血を流す。

「『血舞踏(ブラッディ・アーツ)』——」

吸血鬼が使う特殊(とくしゅ)な戦術。

それを今、改めて、意識的に行使する。

「——《血閃鎌(ブラッディ・サイス)》ッ！」

手の甲から飛び出した真紅(しんく)の血が、鎌の形状と化し、迫り来るゴブリンの身体を串刺(くしざ)しにした。

——もう一体、いける。

想像以上に早く倒せた。

アイナはこの後、ホブ・ゴブリンとの戦闘がある。彼女の負担はできるだけ減らしておきたい。そう思い、二体目のゴブリンを標的に定めたが――。

「終わりよ」

アイナが淡々とした口調で告げる。

丁度、アイナが二体目のゴブリンを蹴り殺したところだった。

その蹴りは凄まじい威力を発揮し、ゴブリンの身体は吹き飛ぶことなく、目の前で破砕した。真っ赤な血飛沫が壁面に飛び散る。

「……Aランクは伊達じゃないな」

顔色一つ変えずにゴブリン二体をあっさり倒したアイナに、俺は言う。

「貴方も凄い。『血舞踏』って、吸血鬼の中でも一部しか使えないのに」

「……そうなのか？」

「使えるのは吸血鬼の貴族と、あとは訓練を受けた特殊な兵士たちだけ。人間で言うなら由緒ある騎士団の剣技みたいなものよ」

「……でも、俺、普通に使えたぞ」

「普通は使えない。……貴方は普通ではない」

多分、褒められているのだろうが、あまり褒められている気分ではなかった。

その後も何度か戦闘を挟みつつ、ホブ・ゴブリンのもとへと移動する。

「いた」

アイナが小さな声で告げる。

これまで狭い道が続いていたが、その空間だけは広々とした部屋だった。まるで王様がその威厳を示すためのような、玉座の間を彷彿とさせる空間だ。中央には人やら動物やらの骨で組み立てられた椅子があり、その上に、緑色の巨人が腰を下ろしている。

ホブ・ゴブリン。身の丈三メィトルはある巨大なゴブリンだ。

「ケイル。ホブと戦ってみない？」

「……は？」

唐突な提案に、俺は訊き返した。

「格上との戦闘は貴重な経験となる。いざという時は私が助けるわ」

「い、いや、いくら貴重とは言え、そんな急に提案されても……」

困惑していると、アイナは真っ直ぐ俺の方を見て、

「今、自分がどのくらい強いのか、知りたくない？」

それは――正直、知りたい。

口を噤み、改めてホブ・ゴブリンを見る。

ホブ・ゴブリンの周囲には、護衛と思しき二体のゴブリンがいた。少なくとも今の俺はゴブリンくらいなら余裕で倒せる。しかしホブとなれば、分からない。

分からないから、試す価値がある。

「……いざという時は、頼むぞ」

「ええ」

少々情けないが、手に負えないと判断したらアイナに任せることにする。

これは学園の試合ではない。命を賭した戦いだ。……自惚れてはならない。

「周りの護衛は私が片付けるわ」

そう告げて、アイナがゴブリン目掛けて飛び出した。

玉座に座っていたホブ・ゴブリンが驚愕し、慌てて立ち上がる。同時に俺は、血を操作しながらホブ・ゴブリンに接近した。

「『血舞踏』――」

血を凝固させ、より大きく、強い……破壊力のある武器を生み出す。

「――《血戦斧》ッ！」

アイナが二体のゴブリンを屠る傍ら、俺は巨大な斧をホブ・ゴブリンへ振り下ろす。

ガキン、と金属同士の衝突した音が聞こえた。

「ちっ」

真紅の斧は、ホブ・ゴブリンが持つ大剣によって防がれた。

ゴブリンは短剣や棍棒といった小さな武器を持つことがある。その上位種であるホブ・ゴブリンも、大きくなった身の丈に合わせて、巨大な武器を扱うことが多い。その巨躯が振り抜く大剣の威力は中々厄介だ。

（ゴブリンが集まってきた……っ）

ホブ・ゴブリンとの戦闘が始まったことで、辺りからゴブリンが駆けつけてきた。巣の中枢部なだけあって、あっという間に十匹近くのゴブリンが集まってくる。

戦いが長引けばゴブリンたちに囲まれ、洞窟から出られなくなるかもしれない。

しかし、流石はアイナだ。彼女は傷一つ負うことなく的確にゴブリンを処理している。

一方、俺の方は――早くも打つ手がなくなってきた。

「くそっ」

決して侮ったわけではないが、ホブ・ゴブリンは想像以上に大剣を使いこなしていた。振った斧は全て防がれる。三度目の衝突で斧が破壊されたため、俺は《血閃鎌》を放ちながら後退し、体勢を整えた。

「ケイル」

冷や汗を垂らす俺に、アイナがゴブリンを処理しながら声をかけた。

「亜人の種族特性は、堕ちれば堕ちるほど、使いこなせる」

「堕ちる……？」

「本能に、身を委ねるということ」

アイナが言う。

「亜人は人に非ず。故に、人としての心は不要。それは枷に他ならない」

それは些か、曖昧な言葉だった。

しかし、意味はなんとなく理解した。

ホブ・ゴブリンが雄叫びを上げて迫り来る。

俺は腰を捻り、再び両手で巨大な血の斧を握った。

「――《血戦斧》ッ！」

空気を押し潰すかのように振り下ろされた大剣と、真紅の斧が衝突する。

（今の俺は、人間ではない。吸血鬼だ）

ホブ・ゴブリンの猛攻を辛うじて凌ぐ。僅かでも踏み込みが甘くなれば吹き飛ばされてしまうだろう。それほど膂力に差のある相手だ。

受け止めきれない一撃は、《血閃鎌》で剣筋を逸らして受け流す。

（亜人は人に非ず。故に、人としての心は不要）

戦いながら、アイナの言葉を思い出す。

その言葉を自分の中で噛み砕く。

アイナの言葉が、脳内の隅々に染み渡った。

理由はわからない。ただ、吸血鬼の眷属となった今の俺には、先程の言葉が真理であるように感じた。

まるで、パズルの最後の一ピースが、埋まったかのような感覚だ。

（理性は、枷）

つまりは、そういうことだろう。

俺は今まで、人間らしい感情で、人間らしい考え方で戦ってきた。しかし――。

（研ぎ澄ますべきは――本能）

理性ではない。

本能が、アイナの言葉を正しく解釈する。

（本能に――従え）

どっぷりと。

全身が、底の見えない沼に沈んだような気がした。

ああ、成る程。――これが、堕ちるということか。

深い意識の水底に、ゆっくりと堕ちる。

そこにいる俺は、人間の姿を保っていなかった。

鮮血のように赤々とした瞳。唇から除く鋭利な牙。厳めしい双翼。

それが、本当の姿であるように思えた。

「『血舞踏』――」

心地よい感覚の中、俺は目の前にいる獲物たちを見据えた。

「――《■■■》」

何かを唱えたような気がした。

次の瞬間、力が膨れ上がったような気がした。

そして――。


「――え？」

気がついたら。

目の前に――夥しい数の、ゴブリンたちの死体があった。

駆けつけてきたゴブリンたちも——ホブ・ゴブリンすらも、いつの間にか絶命している。

「なんだ、これ……？」

ゴブリンたちは全て、紅の血を飛び散らせて死んでいた。

胸を突かれたものもいれば、胴を消し飛ばされたものもいる。

ホブ・ゴブリンは首を刎ねられていた。持っていた大剣も、中心から真っ二つに折れている。辺り一面に、凄惨な戦いの跡が残っていた。

俺は、何が起きたのか、全く覚えていない。

「本物……」

後方で、地べたに座り込んだアイナが呟いた。

「やはり、貴方は、本物の……!!」

目を見開き、アイナが意味の分からない独り言を呟く。

俺はただ、訳も分からず呆然と立ち尽くした。

◆

ホブ・ゴブリンを討伐した俺たちは、すぐに洞窟の外へ向かった。

巣の中にいたゴブリンたちは、主であるホブ・ゴブリンが劣勢であると悟るや否や、一目散に外へと逃げていったらしい。気がつけばゴブリンたちの姿はどこにもなかった。

（あれは……）

出口に向かいながら、考える。

（あれは……本当に、俺がやったことなのか……？）

今にも瞼の裏に焼き付いている。

あの時。俺は一瞬――そう、一瞬だけ意識を失った。いや、手放したと言うべきか。

だが恐らくそれは、あくまで体感の時間だったのだろう。

気がつけば俺の目の前には、ゴブリンたちの死体があった。あれはどう考えても一瞬の出来事ではない。俺が意識を失っているうちに何かがあったのだ。

意識を取り戻した時、俺はまず「アイナがやったのだ」と考えた。

だが、すぐにそれは間違いだと気づいた。何故なら――俺の手には、感触が残っていたのだ。ゴブリンたちを殲滅する感触が。首を刎ね、胴を消し飛ばし、大剣をへし折った感触が、残り香として身体中に纏わり付いている。

「ケイル、まだ油断しないで」

「……ああ」

アイナの呼びかけに頷く。

ホブ・ゴブリンは倒したが、まだ依頼は終了していない。

外からの陽光が見えた。出口だ。

アイナが先に出て、次に俺が出る。

「ケイル君、無事だった⁉」

「なんとかな」

クレナが心配した様子で駆け寄ってきたので、俺は笑みを浮かべて答えた。

しかし、クレナは何故か不意に立ち止まり、目を見開いて俺のことを凝視する。

「ケイル君、洞窟で何かあった？」

「……なんでそんなことを訊くんだ？」

「だって、ケイル君……格が、上がってる」

それは——俺の、亜人としての格が上がっている、ということだろうか。

「……悪い。俺もよく分からないんだ」

困惑しながら答えると、クレナも不安そうに「そう」と頷いた。

「切り替えて」

アイナが短く告げる。

そうだ、まだ俺たちは依頼の最中である。

「今回、巣から逃げていったゴブリンたちは、もうここに戻ってこない筈。……後は、この巣が流れのゴブリンたちに再利用されないよう、入り口を封鎖しておきましょう」

「……分かった」

首を縦に振りつつ、俺はアイナを視界の片隅で捉えた。

彼女は俺が意識を取り戻した後、興奮した素振りを見せていた。――もしかするとアイナは何か知っているのかもしれない。

しかし優先するべきは本来の目的だ。俺とクレナはガリアさんにもう一度会い、Eランクにしてもらわねばならない。

辺りの土砂を利用して、ゴブリンの巣の入り口を埋める。

「よし、これで全部終わったね！」

小一時間ほどかけて作業を終えた後、クレナは汗を拭いながら言った。

「早めに戻ろう」

達成感に浸りたいところだが、あまり寛げる環境でもない。

俺たちは、遠くで待たせている馬車の方へ向かった。

その時――。

「二人とも」

先頭を歩くアイナが、俺とクレナに声をかけた。

「あれは、貴方たちの知り合い？」

アイナが訊く。

外はすっかり、夜の帳(とばり)が下りていた。

月明かりが美しい夜空のもとに、黄金の双眸(そうぼう)が輝(かがや)いている。

黄金の瞳は悪魔の証(あかし)。その人影(ひとかげ)を見た瞬間――――俺の全身から汗が噴(ふ)き出(で)た。

「みんな、逃げて！」

クレナが叫(さけ)ぶ。

直後、巨大な火炎(かえん)が飛来した。

「『血舞踏(ブラッディ・アーツ)』――《血堅盾(ブラッディ・シールド)》ッ!!」

咄嗟(とっさ)に両手を前に突き出(だ)し、真紅の盾(たて)を展開する。

炎(ほのお)は盾と鬩(せめ)ぎ合った末、破裂(はれつ)し、四方へ飛び散った。

「よお、また会ったな。糞(くそ)ども」

悪魔が、俺とクレナを睨んで言う。

「ケイル、あの悪魔は？」

　アイナが訊いた。

　なるべく巻き込みたくなかったが、こうなってしまった以上、背に腹はかえられない。

「……帝国の軍人だ。訳あって、クレナを狙っている」

　アイナがスッとその目を細めた。

　警戒心を露わにする。

「ヴァリエンスの嬢ちゃん。奴は間違いなく——ホブ・ゴブリンよりも強い。

悪いことは言わねぇ、さっさと諦めな。たとえ何処へ逃げようと、俺たちはお前を追い続けるぜ」

　悪魔の男がクレナを睨んで言う。

　男の頭上に、燃え盛る炎が浮かぶ。

（あの炎……悪魔の種族特性か）

　悪魔の能力は、人間ほどではないが複数の種類がある。確か、その中には炎を自在に生み出し、操るといったものもあった筈だ。

「そらッ!!」

　男が手を振り下ろすと同時に、炎が放たれた。

　先程よりも大きい炎塊が、大気を灼きながら飛来する。

（——防げる）

吸血鬼としての本能が、俺を突き動かした。

片腕を前に出し、血を操る。

「《血堅盾》」

爆炎を防ぎきる。

盾に弾かれた炎塊を見て、悪魔の男は目を見開いた。

「……おいおい、どういうこった。今のは、眷属に防がれるような――」

驚愕する男へ、俺は更に『血舞踏』を繰り出す。

「――《血閃鎌》」

赤黒い、三日月状の斬撃を放つ。

真紅の鎌が男を切り裂いた。男は間一髪で避けたようだが、右半身に深い傷を負っている。

「なんだ、そりゃ……」

男が、苛立ちを露わにして言う。

「てめぇ、なんだその、格の高さは……この前と全然違うじゃねぇかッ！」

やはり、自覚はないが――俺の格は高くなっているらしい。

いや、格の変化ではなくとも、薄々気づいていたことだ。

少なくとも今の俺は、以前の俺よりも確実に強くなっている。

「くそッ！　この俺のォ――ベリアルの炎を、舐めてんじゃねぇぞォ!!」

男の頭上に巨大な炎が現われた。

先程のものより更に大きい。これは防げないかもしれない。

しかし、その時。

突如、闇夜を切り裂くかのように、一人の少女が躍り出た。

「なッ!?」

男の背後から、謎の少女が現われる。その少女は無駄のない動きで短刀を抜き、男の首を刎ねようとした。

慌てて飛び退いた男は、その拍子に頭上の炎塊の制御を手放す。

炎が弾け、周囲に火の粉が飛び散った。

降り注ぐ火の粉の中、その少女が俺たちの方を一瞥した。

背の低い、桃色がかった銀髪の少女だった。髪は短くサッパリとしており、身体のシルエットが見える薄い衣服を纏っている。左手には短刀を逆手に握っており、その真紅の瞳は怜悧な輝きを灯していた。

「ファナちゃん!?」

クレナが驚きと共に叫ぶ。

ファナ。そう呼ばれた少女が、深々と頭を下げた。

「お久しぶりです、クレナ様。少し遅くなりました」

そう言って、少女は再び男の方を見た。

「ヴァリエンス家の護衛か。……ちっ、流石に分が悪ぃな」

男が俺たちと、突如現われた少女を見て、舌打ちする。

男が踵を返して高く跳躍した。黒い双翼を広げ、男は何処かへと飛んでいく。

「……これは、どういうこと？」

アイナの問いに、俺とクレナは視線を交錯させた。

もう誤魔化すのは無理だ。そう判断した俺たちは、事情を説明することにした。

◆

「……帝国に、特種兵装ね」

クレナの抱える問題について一通り説明した後。アイナが神妙な面持ちで呟いた。

「大体の事情は理解できたわ。……それで、貴女は？」

アイナが、桃色がかった銀髪の少女に視線を注ぐ。

少女は毅然とした態度で答えた。

「ファナ＝M＝アルクネシア、吸血鬼です。アルクネシア家は代々吸血鬼の王族に仕える一族であり、私はクレナ様専属の護衛を務めております」

ファナは護衛らしく、微かに気を張ったような表情で告げた。

その自己紹介を聞いて、俺は思わず呟く。

「……護衛、いるじゃないか」

クレナが気まずそうな顔をした。

元々俺が護衛を引き受けたのは、彼女が今、護衛を連れていないからだった筈だ。

「い、いや、その……てっきり、ファナちゃんには、見捨てられたと思ってたから……」

クレナが言うと、ファナが溜息を零す。

「私がクレナ様を見捨てるわけないでしょう」

「で、でも、私が吸血鬼領を出ても、全然追いかけて来なかったし……それにファナちゃんは、私が王都の学園に通うことに、反対だったから……」

「反対はしても、仲違いをした覚えはありません。……むしろクレナ様が、私に何も言わずに吸血鬼領を飛び出したんじゃないですか。私こそ、捨てられたと思いました……」

「そ、そんなことしないよ！　ファナちゃんは私の、大切な護衛だもん！」

「クレナ様……」

「ファナちゃん……っ！」

二人の吸血鬼が、見つめ合っていた。

何やら誤解が解けたようで、友情を噛み締めているらしい。

蚊帳の外で見守っている俺とアイナの視線に、ファナがふと我に返り、頬を紅潮させながら咳払いした。

「そ、それで、クレナ様。こちらの方々は……？」

ファナの問いに、俺たちの方も説明した。

「ケイル＝クレイニアだ。今は、クレナに護衛として雇われている」

そう告げると、ファナが眉間に皺を寄せた。

「……ほう。クレナ様の、護衛ですか」

「あわわわわわ……」

険しい顔をするファナに、クレナが焦燥した。

（護衛の件は、言わない方が良かったか……？）

鋭くこちらを睨んでくるファナに、俺は困惑する。

しかし不意に、ファナは俺に対し敵意ではなく疑念を向けてきた。

「今、クレイニアと言いましたか？」

ファナが訊く。一瞬、その質問の意図が読めなかったが――そうか。俺の家名も、有名と言えば有名だ。

「ああ。俺は剣姫ミュアの兄だ」

「しかし、その姿は……吸血鬼ですよね？」

「今はクレナの準眷属になっているだけで、本当は人間だ。……まあ、俺は俺で少し、事情があってな」

苦笑して答える。

（……随分と濃い面子だな）

吸血鬼の王族ヴァリエンス家の長女に、天明旅団でAランクの実力を証明された少女アイナ。更にクレナの護衛としてその力量を見せつけたファナ。……そして俺は、天明旅団の最高戦力である剣姫の兄だ。

「クレナ様。少し、大切なお話があります」

ファナが真剣な面持ちで言う。

「場所を変えましょう」

「……ううん、この場で話していいよ」

クレナがそう告げると、ファナが一瞬、目を見開く。

「し、しかし、事は深刻で――」

「大丈夫。ここにいる人たちは、私の仲間だから」

クレナが宥めるように言う。

「……では」

ファナは緊張を押し殺すかのように、強く唇を噛んだ後、告げた。

「クレナ様。貴女の母君が今、危篤状態です」

◆

その日の夜。

「……疲れた」

ボスン、と音を立てて、ベッドに身体を沈ませる。

依頼を達成したことで、俺とクレナは無事にEランクになることができた。

天明旅団が運営する宿泊施設は値段のわりに小綺麗で、居心地も悪くない。椅子とテーブルがないため少し物寂しい気もするが、代わりにシャワー室やトイレがあった。

ベッドに寝そべりながら、今日起きたことを思い出す。

今日は本当に――色々あった。


『ママが……危篤？』

悪魔の男を撃退した後。

ファナが告げた衝撃の一言に、クレナは驚愕していた。

『クレナ様が吸血鬼領を出た後、クレナ様の母君が唐突にご体調を崩されました。原因は病とのことですが、処方された薬を摂取しても回復せず……寧ろ、病状は悪化の一途をたどっています。……私が、クレナ様をすぐに追いかけられなかったのは、こうした事情があったからです』

ファナは申し訳なさそうに言っていた。クレナの護衛である彼女が、今までクレナの傍にいなかったのは、それまでクレナの母親を看病していたかららしい。

『クレナ様。どうか……手遅れになる前に、吸血鬼領にお戻りになってください』

手遅れ。その言葉が何を意味するのかは、態々語るまでもない。

クレナは唇を噛み、暫く沈黙した後、答えた。

『……分かった。戻るしか、ないね』

ファナが頷く。

『ここから吸血鬼領までは距離があります。恐らく何度か襲撃を受けることになるでしょう。あまり時間はありませんが、できるだけ準備を整えてから出立する必要があります』

『……そうだね』

クレナが不安そうな顔をした。

ファナという護衛がいるとはいえ、危険な旅には違いない。

だから――。

『クレナ。俺はまだ、お前の護衛だよな』

俺の言葉に、クレナが目を丸くした。

『護衛が主の傍を離れるのはマズいだろ？　クレナさえよければ、俺も一緒に行こう』

『ケイル君……』

クレナが目尻に涙を溜めた。ここまで来たら、俺も殆ど当事者みたいなものだ。こんな半端なところで投げ出したくはない。

『私も行く』

次いで、アイナが言う。

『今、ケイルに死なれたら困るから』

相変わらず――アイナは何を考えているのか、良く分からなかった。

だが、彼女が同伴してくれるというなら心強い。クレナは嬉しそうに頷いた。

その後。俺たちは馬車に乗り、王都の方へと戻った。

天明旅団で依頼の達成を報告し、報酬を山分けした俺たちは、ギルドの傍にある店で夕食をとりながら、今後の方針について話し合った。

吸血鬼領への出立は翌朝となった。ファナは準備が必要だと言っていたが、天明旅団のAランクであるアイナが味方につく以上、襲撃を危惧した最低限の戦力は既に揃っていることになる。最低限の準備が整えば、すぐにでも吸血鬼領に向かうべきだ。――クレナの母が、手遅れになってしまう前に。

アイナとは夕食をとった後に別れた。翌朝にギルド前で集合する手筈だ。

「……ん？」

部屋のベッドに転がっていると、コンコン、とノックの音がした。

俺の部屋番号を知っているのはクレナとその護衛であるファナの二人だけだ。

何かあったのだろうか。ベッドから起き上がり、ドアを開ける。

「ファナ？」

そこには、クレナの護衛である少女、ファナが立っていた。

「少し、お時間よろしいですか？」

「あ、ああ。構わないが……クレナの護衛はどうした？」

「問題ありません。事前に調査いたしましたが、大手のギルドなだけあってここの警備は信頼できます」

本職の護衛がそう言うのであれば、間違いないだろう。

「それで、何の用だ？」

そう訊くと、ファナは鋭い目つきで俺を睨みながら答えた。

「私と勝負しませんか？」

「……は？　勝負？」

「明日のためにも、互いの戦力を確かめるのは大切だと思いませんか」

そういうことか。

それにしては――やけに敵意を剥き出しにしているように見えるが。

しかし、今のうちに互いの実力を把握するのは、確かに大切なことかもしれない。

「……まあ、そういうことなら」

「では早速、訓練場の方へ行きましょう。手続きは既に済ませていますのでご心配なく」

随分と用意周到だ。

足早に部屋を出て訓練場へ向かうファナについて行く。唐突な提案に、まだ頭が追いついていないが、ファナは俺と違って護衛のプロだ。ここは彼女に従うべきだろう。

天明旅団の本部は、宿泊施設の他に訓練場も営んでいる。

ファナの案内のもと、辿り着いた訓練場は、ただ広いだけの真っ白な空間だった。

（……眷属化は、まだ続いているな）

ファナと対峙しながら、身体の調子を確かめる。

クレナに血を注がれたのは今日の午後三時頃。多めに血を注いでもらったので、俺の身体はまだ吸血鬼のものだった。

軽く身体を解していると、ファナが唐突に上着を脱いだ。

ファナは今、全身のシルエットが見える、薄い軽装だけを身につけている。露出度が高い。何故、あんなものを好んで着ているのだろうか。――そう思った次の瞬間、ファナの背中から一対の羽が広がった。

「……なんですか？　じろじろ見て。いやらしい」

「あ、ああ……悪い」

謝罪し、目を逸らす。

どうやらあの軽装は、羽を存分に広げるためのものらしい。

「折角ですから、賭けをしませんか？」

「賭け？」

「負けた方が、勝った方の言うことを一つ聞くんです」

ファナが怪しげな笑みを浮かべて言う。

「私が勝てば、貴方にはクレナ様の護衛をやめてもらいます。明日も同行していただかなくて結構です」

唐突な宣言に、俺は思わず目を見開いた。

「どういうことだ。……それは、クレナの意思か？」

「いいえ、私の独断です」

ファナが言う。

「理由は二つあります。ひとつは、私が貴方を信用していないこと。……貴方、学園では落ちこぼれと呼ばれているみたいですね」

ファナの言葉に、俺は硬直した。

何故、そのことを知っている。

「少し貴方について調べさせてもらいました。剣姫の兄にしては知名度が低かったものですから、何かあるのではと探ってみたんです。……その予感は的中しました。どうやってクレナ様に取り入ったのかは知りませんが、落ちこぼれの貴方に、クレナ様の背中を預けるわけにはいきません」

中々、腹の立つ意見だったが、残念なことに否定はできない。

押し黙る俺に、ファナは続けて言った。

「それと、もう一つ。──私は、貴方が気に入りません」

二つ目の理由は随分と感情的なものだった。

「このナイフが床に落ちたら、始めましょう」

ナイフを取り出したファナが言う。

ファナはそのナイフで掌を軽く切り、血を流した。俺も懐からナイフを取り出し、手の甲を傷つける。

ファナがナイフを投げた。

くるくると回転しながら放物線を描くナイフが、床に触れると同時──ファナが一気に接近する。

「──《血閃鎌》ッ！」

ファナの掌から、血の鎌が放たれた。

身を翻し、それを回避する。

「甘い！」

ファナが叫ぶ。

すると、血の鎌が軌道を変えて再び俺のもとへと迫った。

（斬撃じゃない……鎖鎌かっ⁉）

放たれた鎌は、良く見れば薄らと赤い糸が伸びており、その糸はファナの掌へと繋がっていた。血を極細の糸に変え、暗器のように使用しているのだ。

「《血堅盾》！」

広範囲に血の盾を展開し、鎖鎌を防ぐ。

次の瞬間、ファナが肉薄してきた。

——速い。

単純な脚力ではない。——羽だ。床を踏み抜くと同時に、ファナは素早く羽ばたいていた。空気を押す反動を利用して加速しているのだ。

「《血短剣》ッ！」

ファナの掌に、真紅の短剣が生まれる。

紅の刀身が瞬く間に、俺の首筋へと迫った。盾の展開は間に合わない。間一髪のタイミングで身を屈め、短剣を避ける。

「はっきり言います！　貴方は目障りです！」

ファナが叫んだ。

「貴方はあろうことか、この私の目の前でクレナ様の護衛を名乗った！　それは、本当の護衛である私への侮辱です！」

短剣を振り抜きながら、ファナが感情を吐き出す。

「そんなつもりはない。俺はただ、クレナとの関係を普通に伝えようとしただけで……」

「貴方とクレナ様の間に、関係なんてものはありません！」

ファナが怒りを込めて言う。

「大体、クレナ様の眷属でありながら、クレナ様の護衛をするなど笑止千万ッ！　クレナ様の護衛は私一人で十分です！　貴方の手を借りる必要はありません！」

「それは――」

それは、そうかもしれない。

ファナは強い。こうして戦っていれば良く分かる。彼女の一挙手一投足はとても洗練されており、長年の積み重ねを感じた。それに、今回はＡランクのアイナも同伴する。彼女がいれば百人力だろう。ひょっとしたら俺は不要なのかもしれない。

だが、それでも――。

「――俺が不要なら、クレナがちゃんとそう告げる筈だ。お前にとやかく言われる筋合いはない」

「な、生意気な……っ！」

もしかすると、ファナは誤解しているかもしれない。

俺も、真剣なのだ。生半可な気持ちでクレナの護衛を引き受けたわけではない。彼女の傍にいることが、どれだけ危険であるかは理解しているつもりだ。

「……いくら、貰っているのですか？」

ファナが攻撃の手を止めて、訊いた。

「所詮、貴方は金で雇われた身の筈です。ならば私がクレナ様の代わりに報酬を支払いましょう。貴方はそれを持って、クレナ様の前から去りなさい」

この少女は、どうしても俺のことを認めたくないらしい。最早、彼女は勝負に拘ってすらいない。ただ俺を追い出すための提案を口にした。

「さあ、いくらですか？　銀貨二枚……いえ、三枚くらいですか？　高くても銀貨五枚くらいが妥当でしょう」

ファナがこちらを見下した様子で言う。

　少し腹が立った俺は、正直に答えることにした。

「一日につき、金貨五枚だ」

「金貨五枚っ⁉」

　流石に驚いたようだ。

　ファナが予想した金額の、凡そ十倍である。

「そ、それだけの価値が、貴方にはあると言うんですか……？」

　いや、それは……どうだろうか。

　俺に護衛を頼む時、クレナは襲撃を受けた直後ということもあり、かなり追い込まれていた。この報酬については彼女も無理をしているに違いない。

「わ、私ですら、一日で銀貨七枚だというのに……」

　ファナが震えた声で言う。

（ちょっと申し訳なくなってきた……）

　若干の気まずさを感じつつ、ファナの様子を窺うと――。

「お、お前、泣いてないか……？」

「な、泣いてませんっ！」

　ファナは慌てて手の甲で目元を拭い、怒鳴った。

「お、お金なんて関係ありません！　私には——クレナ様との強い繋がりがあります！」

ファナが言う。

「私は幼い頃からクレナ様にお仕えしてきました！　その長い積み重ねは、私とクレナ様だけのものです！　私たちは最早、一心同体！　たとえどれだけ離れていても、心が通じ合っている——そう、以心伝心の間柄なのです！」

「以心伝心って……お前ら、今日まで、どっちも見捨てられたと勘違いして——」

「うわあああああああああ!!　それを言うなあああああああ!!」

逆ギレかよ。

頭が痛くなってきた。

ファナが両手に短剣を生み出し、素早くステップを踏みながら攻撃してくる。

攻撃の手数が多い。小回りのきかない盾では防ぎきれない。

ファナが持つ真紅の短剣は、『血舞踏』の一つだ。

なら——俺にも使える筈である。

「『血舞踏』——《血短剣》ッ！」

左手の甲から、真紅の短剣を生み出し、それを右手で握り締める。

迫る一本目の短剣を避け、続いて閃く二本目の刃を、作ったばかりの短剣で防いだ。

「認めましょう。眷属の身でありながら、『血舞踏』をここまで使いこなせるなんて、普通はあり得ません。……貴方は確かに特別な人間かもしれません。ですが――クレナ様にとっての特別は、私一人で十分ですッ!!」

そう言って、ファナは大きく距離を取り、右腕を頭上に掲げた。

ファナの掌から大量の血液が放たれる。その頭上で赤い液体が激しく渦巻いた。

「さあ！　凌げるものなら、凌いでみなさい！　これこそが、代々ヴァリエンス家をお守りしてきた、アルクネシア家の『血舞踏』ッ！」

ファナがその手を振り下ろす。

「――《血閃斬牢》!!」

解き放たれた真紅の力は、勢い良く分散し、四方八方から俺の方へと迫った。

全方位から斬撃が迫る。回避不能な上、その威力もこれまでの『血舞踏』と比べて桁違いに高い。ファナはこの一撃で決着をつける気だ。

『亜人は人に非ず。故に、人としての心は不要』

窮地に立った俺の脳内に、アイナの一言が蘇った。

だが同時に、ゴブリンたちが惨殺されていたあの光景も思い出す。

意識を手放してはならない。今、目の前にいるのは倒すべき魔物ではなく、クレナの専属従者であるファナだ。

（少しだけ――墜（お）ちる）

集中力を研（と）ぎ澄（す）ます。思考を緩（ゆる）め、己（おのれ）の直感を信頼する。

身体中（からだじゅう）を駆（か）け巡（めぐ）る血が、熱を帯びたような気がした。不思議な気分だ。俺ではない、他の誰（だれ）かが身体にいるような感覚。血が俺の身体を乗っ取り、暴れたがっている。

――分かった。

何故、俺が『血舞踏（ブラッディ・アーツ）』を使えるのか。

血だ。この身体に流れるクレナの血が、『血舞踏（ブラッディ・アーツ）』の使い方を教えてくれているのだ。

理屈（りくつ）ではない。だが確信があった。

肉体も精神も、全（すべ）てはこの血の乗り物に過ぎない。

吸血鬼（きゅうけつき）の身体は、血が支配しているのだ。

「『血舞踏（ブラッディ・アーツ）』――《血守護陣（ブラッディ・アイギス）》」

手の甲から、ぶわりと血が広がった。

六角形の盾が十枚近く顕現（けんげん）する。それをすぐに周囲へ展開した。

四方八方から迫る斬撃が、展開する盾にそれぞれ防がれる。

恐らくこれは《血堅盾（ブラッディ・シールド）》の上位互換（ごかん）となる技（わざ）だ。一度に複数の《血堅盾（ブラッディ・シールド）》を展開し、それを自在に操作することができる。

「そんなっ⁉」

とっておきの『血舞踏(ブラッディ・アーツ)』を防がれ、ファナは驚愕していた。

慌てて距離を取ろうとするファナ目掛(めが)けて、俺は盾を放つ。盾はあっという間にファナを囲み、逃(に)げ場(ば)を奪(うば)った。

無防備になったファナへ肉薄し、《血短剣(ブラッディ・ダガー)》を突(つ)きつける。

「勝負、アリだな」

そう告げて、展開した盾を解除する。

ファナは半ば呆然(ぼうぜん)とした様子で、ペタリと地面に尻餅(しりもち)をついた。

「こ、この私が……」

ファナが、震えた声で呟く。

「クレナ様の、護衛である私が……ただの、眷属に負けるだなんて……」

紅の瞳(ひとみ)に、涙が溜まっていた。

「う」

「う？」

「うぁあああぁぁ……っ！　あぁあああぁあああぁぁんっ！」

ファナがいきなり、大声で泣き出した。

流石にそれは予想外だ。どうすれば良いのか分からず、困惑する。

「お、おい。ファナ……？」

「うわぁぁぁぁぁぁぁぁぁぁぁん!!　負けたぁぁぁぁ～～!!」

ボロボロと涙を流すファナ。

声をかけても反応はない。

「わぁあああぁぁぁああ～!!　や、やっぱりクレナ様は、私を捨てたんだぁぁ～～～!!」

「す、捨てたって、そんなことないだろ。クレナも違うって言ってたし……」

「じゃあ……じゃあ、なんで!?　なんでクレナ様は、貴方を雇ったんですかぁ!!」

ファナが鋭く俺を睨んだ。

「ク、クレナ様の専属護衛は、わ、私の筈なのに……ずっと、何年も仕えていた筈なのにい！　なんでいきなり、貴方を雇ってるんですかぁ！」

「それはだから……偶々その時、ファナが傍にいなかったから……」

「待ってくれてもいいじゃないですかぁ！　わぁぁぁぁぁん!!」

クレナに言え。

なんだこれ、どういう状況だ。俺のせいなのか？

「こ、これでも、我慢しようとしたんです！」

ファナが目元を拭いながら言う。

「私が、クレナ様のお傍にいられなかったのも、事実ですから……他に護衛を雇うのも仕方ないって。……で、でも貴方、私よりも沢山お金を貰ってるじゃないですか！　し、しかも、私より強いじゃないですか！　こんなの絶対に、私を捨てる気じゃないですかぁ！　うわぁぁぁぁぁん!!」

堰き止められていた感情が、一気に流れ出す。

そんな彼女が吐露する本心を聞いて、俺はとにかく困惑した。

「わだじがグレナ様の護衛なのにぃぃぃ～～～!!!　眷属のぐぜにぃぃぃ～～!!」

面倒なことになった。

どうするべきか。悩みながら頭を掻いていると――。

「ケイル君!?　な、何があったの!?」

クレナが慌てた様子で訓練場に入ってきた。

いつまで経ってもファナが部屋に戻ってこないため、疑問に感じたのだろう。ギルドの受付で、ファナが訓練場を借りたことを聞いたのかもしれない。

クレナはすぐに俺の姿と――その足元で泣きじゃくるファナに視線をやった。

「あっ、あぁ、あぁぁ――……大体、状況は把握できたかも」

クレナが苦笑して言う。

どうやらクレナにとって、ファナのこの状態は慣れたものらしい。

「グレナ様ぁぁぁぁぁぁ～!! 捨でないでぐだざいぃぃぃ～!」

ファナがクレナの来訪に気づき、涙を流しながら懇願する。

クレナは苦笑しながら、縋り寄ってくるファナの頭を「よしよし」と撫でた。

「うぅ、ぐすっ、な、なんでもしますからぁ、捨でないでぐだざいぃぃ」

「な、なんでもって……じゃあ、取り敢えず泣き止んで……?」

「無理でずぅぅぅぅぅ～!!」

クレナが疲れた様子で溜息を零す。

ファナはその後も十分近く泣き続けた。

◆

白いベッドの上で、ファナはくぅくぅと小さな寝息を立てて眠っていた。

漸く落ち着いた彼女の様子に、俺とクレナはほぼ同時に吐息を零す。

「ごめんね、その……色々と」

クレナが苦笑して言う。

ファナとの勝負が終わった後。一頻り泣き続けたファナは、急に張り詰めていた糸が切れたように、パタリと倒れて動かなくなった。医者に診せるべきかと俺は焦ったが、クレナ曰く、単に疲れて眠っているだけらしい。

気を失ったファナをクレナの部屋に運び、ベッドに寝かせた後。

俺は、静かに眠るファナを見ながら、クレナに質問した。

「こういうこと、偶にあるのか？」

「うん。まあ、その……ファナちゃん、根は凄く良い子なんだけど。なんていうか……ちょっと、使命感が強すぎるところがあって……」

そう言って、クレナは自分のベッドに腰を下ろした。

俺の借りた部屋と違い、クレナの部屋には二人分のベッドがあった。部屋を借りる際にファナが「護衛である自分はクレナ様と同じ部屋に泊まるべきだ」と主張したからだ。

結局その護衛は今、主よりも先に眠ってしまったため、同じ部屋にする意味はなかったような気もする。

「隣、座ったら？」

「……ああ」

クレナに促（うなが）され、俺は彼女の隣に腰を下ろした。

「前に私が、周りに内緒（ないしょ）で吸血鬼領を出てきたって言ったこと、覚えてる？」

「ああ。そうでもしなければ、抜け出（だ）せなかったと言ってたな」

「うん。……あんまり、こういうことを言うのもなんだけど。その最大の理由が、ファナちゃんなの」

クレナは落ち着いた声音（こわね）で語った。

「ファナちゃんは、私が王都の学園に通うことに反対だった。それどころか、吸血鬼領から出ること自体に反対だった。──当たり前なんだけどね。ファナちゃんは私の護衛なんだから、私が危険な目に遭（あ）うかもしれない行動に、賛同する筈がない。

それでも私は外に出たかったの。守られているだけの生活じゃあ、手に入らないものがあるって、なんとなく知ってたから。だから、どうにかファナちゃんを説得したかったんだけれど……やっぱり、納得（なっとく）してくれなくて。それでやむを得ず、私一人で、こっそり吸血鬼領を出てきたの」

そう言って、クレナは立ち上がり、ファナの方へ近づいた。

「……不安にさせちゃったよね。ごめんね、こんな面倒なご主人様で」

優しげな瞳でファナを見つめながら、クレナはその頭を軽く撫でる。

ファナの表情が安らいだような気がした。

「クレナは……束縛が嫌で、吸血鬼領を出たんだよな」

「うん」

「でも、分家なんだろ？　ファナのこともそうだが……分家でもそんなに束縛が強いものなのか？」

あまり貴族社会というものに詳しくないため、俺にはイマイチ想像がつかなかった。クレナは吸血鬼社会において、どのような立ち位置にあるのだろうか。

クレナは再びベッドに腰掛けて答える。

「分家と言っても、私、先代王の孫だよ？」

「え」

とんでもない回答が述べられ、俺は暫く思考を停止した。

先代王の孫？　目の前のクレナが？

分家という言葉に惑わされていた。クレナは正真正銘のお嬢様だ。

「うーんとね、どこから話せばいいのかな。……吸血鬼の世界にも、王位継承争いというものがあるの」

「……亜人の王には、最も格の高い人物が選ばれるんじゃなかったのか？　それなら、王位継承権というもの自体が存在しない筈じゃ……」

「うん。だから厳密には、王家継承争いかな」

　クレナが説明する。

「最も格の高い人物が王になる。これは間違いないよ。でも、その王の肉親が王家になるわけじゃない。王家は別に用意されていて、王はそこの養子になるの。……だって、そうでもしないと政治が上手く回らないからね。王に必要なのは格だけど、その臣下には強さとか賢さとか、色んなものが求められる。そういうのを王の肉親が必ず持っているとは限らないから、別々で用意する必要があるの」

「……成る程」

　つまり。王家継承争いとは、どの家が一番、王を迎えるに相応しいのかを競い合っていることになる。

「王家の当主は、王父と呼ばれていて……まあ文字通り、王の父親役という意味だね。この王父は今、先代王が務めているの。でね、この先代王には二人の妻がいた。だからここで、王母……王の母親役は、どちらの妻が担うかという争いが起きちゃったの。

　私の祖母は、先代王の第二夫人だった。でも争いの結果、祖母は敗北した。先代王の第一夫人が王母となり、そして今、王父と王母の養子として現吸血鬼王が存在している。
もっとも、この争いに敗北したからと言って死ぬわけじゃない。祖母の家系……ヴァリエンス家は分家となったけれど、それでも祖母は普通に、先代王との間に娘を産んだ。それが私のママなの」

クレナの母は、先代王の娘だ。

つまりクレナは——人間社会における、公爵家の長女に該当する。

「そりゃあ、束縛も強くなるか……」

公爵家と言えば、王家の次に偉い貴族だ。

平民である俺にとっては、雲の上の存在である。実際の公爵家がどんな暮らしをしているかは不明だが……少なくとも、普通の暮らしはできないだろう。

「でも、今は少し後悔してる。……吸血鬼領を出た私は、早速帝国の軍人に襲われた。帝国軍は私が思っている以上に私の血に執着していた。……護衛と離れて、一人だけになって、私は漸く気づいたの。私って、一人じゃ何もできないんだなって。……やっぱり私にはファナちゃんが必要だった。もっとちゃんと、話し合えば良かった……」

クレナの言葉を、俺はただ黙って聞き届けた。

王都に辿り着くまでにも、何度か襲撃されたのだろう。その過程で心境の変化があったのかもしれない。

「ケイル君。本当に、ありがとね」

不意に。クレナが感謝を述べた。

「……なんだよ、急に」

「急じゃないよ。私、ケイル君には本当に感謝しているの」

クレナが視線を落として言う。

「初めて会った時は、ただ私が一方的に巻き込んだだけなのに。その後も護衛を引き受けてくれたし……今日も私に合わせて、吸血鬼領までついて行くって言ってくれた」

クレナは続ける。

「ファナちゃんを悲しませたのは後悔してる。でも、やっぱり吸血鬼領を出て、学園に通ったのは正解だったと思う。体育祭、文化祭、修学旅行、武闘祭……全部、とっても楽しそうだもん。早く明日が来ないかなって思ったのは本当に久しぶり。……私が今、こんな気持ちでいられるのも、全部ケイル君のおかげだよ。ケイル君がいなかったら、今頃、私は帝国に捕まっていたと思う。そしたら……学園に通うこともできなかった」

そう言って、クレナは俺の方を見た。

「だから、ね。……私、ケイル君に何かお礼をしたい」

「お礼って……報酬のことは、もう決めてあるだろ」

「一日につき金貨五枚なんて、全然足りないよ。報酬とは別の……私の気持ちを、受け取って欲しいの」

クレナの純粋な気持ちを聞いて、少し心が揺れた。

きっとクレナは本気で俺に、感謝の念を抱いている。

しかしそれは——彼女だけではない。

「違う。……感謝しているのは、俺の方だ」

そう言うと、クレナが目を丸くした。

「あの日。クレナと出会うまで、俺はずっと惨めな人生を送ってきた。落ちこぼれと蔑まれて、色んな人に嫌がらせを受けて……力のない俺には、やり返すことも、何処かへ逃げることもできなかった。……でも、クレナと出会ってから、少しずつ俺の人生は変わり始めた。ずっと俺を馬鹿にしてきた奴に決闘で勝つことができたし、生まれて初めてギルドに登録することもできた。……全部、クレナのおかげだ」

ほんの数日前のことだというのに、とても懐かしい気分だった。

あの夜。クレナと出会わなければ——きっと俺は、今も灰色の日々を過ごしていたに違いない。

「だから、感謝しなくちゃいけないのは俺の方なんだ。……報酬なんて関係ない。俺はただ、クレナに恩返しがしたい」

真っ直ぐクレナの方を見て言う。

「クレナ、本当にありがとう。俺はお前と出会えて良かった」

「ケイル君……」

クレナの瞳が、潤んだような気がした。

甘い香りがする。そう言えばファナはクレナが風呂に入っていると言っていた。ということは、クレナは今、風呂上がりだ。上気したその顔はどこか色っぽく、艶のある朱唇に思わず目が釘付けになる。

長い睫毛に、あどけなさを残す純粋無垢な容貌。この少女はこんなにも魅力的だったのかと今更気づく。転校一週間でファンクラブができるのも納得だ。

互いに、どちらからともなく顔を寄せ合う。

目が離せない。クレナの魅力に、吸い込まれる――。

「――クレナ様はぁ、私が守るんですぅ！」

ファナが唐突に叫んだ。

俺とクレナは、ほぼ同時に肩を跳ね上げ、硬直する。

ゆっくりとベッドの方へ視線を向けると……ファナは再び、寝息を立てていた。

「ね、寝言か……？」

「そ、そうみたいだね……」

鼓動が激しい。顔が一気に熱くなった。

俺は——何をしようとしたんだ。途端に恥ずかしくなってくる。

「じゃ、じゃあ俺は、そろそろ部屋に戻るから」

「そ、そうだね……明日も早いし」

動揺を押し殺して立ち上がり、ドアの方へ向かう。

「お、お休み」

「う、うん。お休み」

クレナと目を合わせられない。

ドアが閉まる時、

「……意気地なし」

クレナが小さな声で、そう呟いたような気がした。

第四章　少女の味方

翌朝。

天明旅団の入り口に、四人の男女が集まっていた。

「それじゃあ皆、今日から暫くよろしくね！」

クレナが言う。

彼女の目の前には、俺と、ファナと、アイナがいた。

「吸血鬼領はここから馬車で三日かかります。向こうで数日滞在することに加え、復路のことも考慮すると、皆様にはこれから十日間ほどクレナ様を護衛していただくことになると思います」

「吸血鬼領でも護衛は必要？」

説明するファナに対し、アイナが短く訊く。

「不要……と言いたいところですが、帝国は既に何度か吸血鬼領に侵入し、血液検査という名目でクレナ様と接触しています。吸血鬼領には私以外にも多くの護衛がいますが、数が多いに越(こ)したことありません」

　アイナが首を縦に振る。

「では、馬車を門の前で待たせていますので、早速(さっそく)行きましょう」

　ファナが段取りよく計画を進める。

　王都グランセルは、魔物の襲撃(しゅうげき)を警戒(けいかい)した城塞(じょうさい)都市となっている。城塞には四つの門があり、そのうちの一つから俺たちは出た。

　門の前には一台の幌(ほろ)馬車が用意されていた。ファナが馬車を手配する際、主であるクレナのことを気遣(きづか)ったのだろう、車体の状態がとてもいい。先日の依頼(いらい)で使ったものとは天と地ほどの差がある。日を跨(また)ぐ旅になるため、荷台の上には寝袋(ねぶくろ)や火起こし用の薪(まき)などが置かれている。

「ケイルさん」

　馬車に乗ろうとする俺に、ファナが声をかけた。

「昨晩は、その……すみませんでした」

　ファナがぺこりと頭を下げて謝罪した。

「私は多分、貴方に嫉妬(しっと)していたんだと思います」

「嫉妬？」

「はい。貴方は、私がいない間、クレナ様の支えになっていたようですから」

人一倍、責任感のあるファナは、それが許せなかったのだろう。

俺ではなく、自分自身が許せなかったのだ。

「よろしければ、正式にクレナ様の護衛になりませんか？　実力は十分ありますし、貴方さえよろしければ、吸血鬼領に戻った後すぐに推薦させていただきます」

唐突なファナの提案に、俺は目を丸くした。

護衛――悪くないかもしれない。定職に就くという安心感はある。しかし、たかが学生である俺にはまだ、正式な護衛がどういったものなのか想像できなかった。

「……少し、考えさせてくれ」

「承知いたしました」

ファナが小さく頷く。

全員が馬車に乗った後。御者が緩やかに馬を走らせた。

門を出て、街道を暫く進む。

「そう言えば、ケイル君とアイナさんは学園を休学しても良かったの？　私は正直に事情を伝えて、許可をもらったけど……」

クレナが訊く。

俺たちは今回、吸血鬼領へ行くにあたり、学園を暫く休むことにしていた。

「ヘイリア学園は貴族の子息令嬢も多く通っているから、急な欠席には寛大なんだ。貴族たちは急用が入ることも多いみたいだからな。……まあ、代わりに帰ってきたら、色んな課題をしなくちゃいけないが」

俺の言葉に同意を示すように、アイナが頷いた。

そこで、ふと疑問を抱く。

「クレナは、護衛に内緒で吸血鬼領を出てきたんだよな？　なら、学園への転校手続きとかは全て自分でやったのか？」

「ううん。そーゆーのはママにやってもらったの」

「……ん？　ちょっと待て。それじゃあクレナの母親は、お前が吸血鬼領を出ると知っていたのか？」

「そだよ。ママは私の考えに賛成してくれたから」

ということは、なんだ。

ヴァリエンス家に仕える護衛たちは、親子二人に謀られたのか。

「ファナ……お前、相当苦労してるだろ」

「…………ええ。それはもう、本当に」

ファナは苦虫を噛み潰したような顔で肯定した。

「もしかして、クレナの母親も、クレナと似た感じなのか？」

「はい。クレナ様の脳天気指数が十だとすると、母君の脳天気指数は百くらいですね」

「つまり十クレナか。……頭が痛くなってきた」

「ちょっと！　私の名前で変な単位作るのやめてくれる⁉」

クレナは抗議するが、俺とファナは無視した。

「そう言えば、ケイルさんはどうして、クレナ様の眷属になったんですか？　人間は眷属になることで、他の種族の能力を手に入れられますが……代わりに、眷属になっている間は人間としての能力が使えませんよね？　態々吸血鬼の力を使わなくとも、人間のまま戦えばいいじゃないですか」

ファナが訊く。その疑問はもっともだ。

この場にいる他の二人、クレナとアイナは俺の事情を知っている。ファナにだけ隠す意味はないだろう。

「信じられないかもしれないが……俺には、人間の能力がないんだ。いや、自覚していないだけで本当はあるのかもしれないが……とにかく、俺はこの歳になっても、未だに自分の能力がどんなものなのか分からなくてな。だから、眷属にならないと戦えない」

「……そう、でしたか。すみません、事情も知らずに」

ファナは先日、俺が学園で落ちこぼれと呼ばれていることまでは探ったようだが、どうやらその理由までは調べられなかったらしい。

「てっきり、クレナ様に忠誠を誓った証かと思っていました。眷属は主の命令には逆らえませんから」

ファナの言葉に、成る程と納得する。

クレナの命令には絶対に従う。その意思の表れだと彼女は解釈していたらしい。

しかし、それは違う。

「ケイル君、命令効かないよ？　理由は分かんないけど」

「……効かない、ですか？」

クレナの言葉に、ファナが訊き返した。

「ケイル君、『お座り』！」

クレナが命令する。

しかし俺は、冷めた目でクレナを睨んだ。

「お前……なんて命令してんだ」

「ね？　こんな感じ」

クレナが得意気に言う。

試すにしても、もう少しマシな命令にして欲しかった。

「ど、どういうことですか。眷属は主の命令に、絶対逆らえない筈では……」

「うーん。なんでだろうね。そういう体質とか？」

結局、この謎が解明されることはなかった。

それから、四人で雑談などを交わしつつ、数時間が経過した頃――。

「――来た」

唐突にアイナが立ち上がり、呟いた。

「数は三人。……悪魔が二人に、人間が一人。真っ直ぐ馬車に向かっている」

「……昨日の悪魔はいるか？」

「いない。不幸中の幸いね」

昨日の、炎を使っていた悪魔を思い出す。

多分、あの悪魔はかなり強い部類だ。初めてクレナと会った日、俺があの悪魔を倒すことができたのは本当に偶々だろう。あの時、奴は俺が眷属であることに油断していた。

ファナが御者に声をかけ、馬車を停めてもらう。

「手分けしましょう」

馬車を降りたところで、ファナが俺とアイナに告げた。

「私とアイナさんで悪魔を倒します。ケイルさんは人間の相手をお任せいたします」

「わかった。……多分、人間の戦い方は、俺の方が詳しいからな」

ファナが頷く。

やがて、アイナが予知したように、三人の襲撃者が訪れた。

「抵抗するな！　貴様らに勝ち目はない！」

襲撃者の一人が告げる。しかし、俺たちが素直に従う筈がない。

アイナが獣人特有の高い身体能力で、一気に悪魔へと肉薄し、殴り飛ばす。次いで、ファナが羽の動きを利用した高速移動でもう一人の悪魔へと接近し、戦闘を開始した。

俺もまた、人間の襲撃者へと接近する。

「ふん、餓鬼が調子に乗るなッ！」

襲撃者の男が、勢い良く地面を踏みつけた。

直後、男の足元の地面が盛り上がり、土の槍が現われる。

飛来する槍を避けながら、俺はナイフを取り出し、手の甲を傷つけた。

男は再び地面を強く踏む。今度は岩の砲弾が放たれた。

（土の操作……【支配系・土】か）

支配系は単純ゆえに強力で、戦闘にも向いている能力だ。男は土を自在に操作して攻撃（こうげき）を行う。

「──《血堅盾（ブラッディ・シールド）》！」

真紅（しんく）の盾（たて）で砲弾を受け流す。

男が忌々（いまいま）しげに俺を睨んだ。

「吸血鬼め……ッ！」

「生憎（あいにく）、お前と同じ人間だ」

次々と訪れる砲弾を躱（かわ）しながら答えると、男が怪訝（けげん）な顔をした。

「人間……ではその姿は眷属になっているということか。……愚（おろ）かな。眷属など──主の命令に逆らえやしない、奴隷（どれい）も同然だ！」

男は、明らかに俺を見下した様子で言う。

「奴隷風情（どれいふぜい）に、私が負けるものかっ！」

男の足元から、大量の砲弾が放たれる。

「使いっ走りの狗（いぬ）に、そんなこと言われたくないな！」

砲弾を盾で防ぎながら、俺は集中力を研ぎ澄ませた。

「『血舞踏（ブラッディ・アーツ）』──《血旋嵐（ブラッディ・ストーム）》」

周囲へ広く分散させた血が、少しずつ風に運ばれるかのように、男を囲む。

瞬間、男を中心に、真紅の嵐が渦巻いた。

「な、なんだこれは⁉　こんな『血舞踏』、見たことがないぞ⁉」

喚く男は、あっという間に斬撃の嵐に切り裂かれ、意識を失った。

「ケイルさん。今の技は……」

丁度、同じタイミングで襲撃者を倒したファナが、こちらに近づいて訊いた。

「昨日、ファナが使っていた『血舞踏』を参考にしてみたんだ。全方位からの攻撃は咄嗟には防げないからな」

「……規格外にも程があります。普通、『血舞踏』を新しく編み出すとなると、数年はかかるものです」

ファナが感心した様子で言う。

「それに、貴方のその、格の高さは……まさか」

眉間に皺を寄せ、ファナは訊いた。

「ケイルさん。貴方、私やアイナさんの格は感じられますか？」

「……そう言えば、感じないな。元が人間だからか？」

亜人は、他の亜人の格を感じ取れる。

しかし俺は今までアイナやファナの格を感じたことがなかった。

ファナが神妙な面持ちで何かを考える。

丁度、アイナも襲撃者を倒したらしく、こちらに視線を注いでいた。

戦いを終えた俺たちは再び馬車に乗り、吸血鬼領を目指した。

◆

予想に反し、俺たちが吸血鬼領へ向かう途中、襲撃を受けたのは一度だけだった。

三人の襲撃者を撃退して以来、俺たちは一度も襲われていない。おかげで大した被害もなく吸血鬼領の手前まで辿り着くことができた。

「ありがたいが……いっそ不気味なくらい、拍子抜けだな」

「きっと皆の実力に恐れをなしたんだよ！」

クレナが明るい口調で言った。

そうであれば幸いだが、油断はできない。

「到着しました。ここが吸血鬼領です」

ファナが言う。

　山間を進んだ先にある小山に、その都市は聳えていた。山の頂上、即ち山の中央には大きな城が屹立し、その周囲には山肌を覆い尽くすかのように無数の建物が並んでいる。都市の周りには険しい崖が続いており、日光が遮られることで薄暗い景色となっていた。

「……崖に囲まれた、天然要塞といったところか」

　ファナが説明する。

「まあ、崖に囲まれているのは、要塞にするためではありませんけどね」

「遥か昔……種族戦争よりも前の時代。当時の吸血鬼は、日光を浴びることができなかったそうです。その結果、私たちの先祖は、こうした日の当たらない場所に住処を作りました。……現代の吸血鬼は日光を浴びても平気ですが、当時作った街が使いやすいため、今も利用しているというわけです」

　へぇ、と相槌を打つ。

　元を辿れば、この世界には人間しかいなかったらしい。だが次第に、人間にはない特徴を持つ者が現われ……やがて彼らは亜人と呼ばれるようになった。

　亜人の歴史は、人間と比べるとまだ浅い。

　吸血鬼は人間と比べて、様々な変化を経ているのかもしれない。

「吸血鬼領は原則、吸血鬼しか入れません。門の前に到着したら、私がケイルさんとアイナさんの入場許可を貰ってきます」

　ファナの説明に、俺とアイナは頷いた。

　暫くすると、馬車が吸血鬼領の門前で停車する。手筈通りファナが車体から降り、一人で門の方へと向かった。

　待機していた衛士たちと声を交わしつつ、ファナは門の隣にある小部屋へ入る。

　凡そ五分が経過した頃。ファナが、一人の男性と共に部屋から出てきた。

「ギルフォード様……？」

　ファナの隣に経つ男を見て、クレナが軽く驚愕する。

　その人物は、長い金髪を垂らした美男子だった。肌は白く、シミ一つない。遠目で見てもわかるくらいの偉丈夫であり、柔和な表情を浮かべているが、その真紅の双眸からは獅子を彷彿とさせる圧力を感じた。全身から貫禄というものが滲み出ている。

　男はファナと共に、俺たちが乗る馬車に近づく。

　クレナがすぐに馬車から降りた。俺とアイナも、首を傾げつつ車体から降りる。

「クレナ、久しぶりだね」

「は、はい。お久しぶりです。あの、どうしてここに？」

「なに。丁度、私も今、外から帰ってきたところでね。手続きしている間にファナと会ったから、ここまで迎えに来たんだ」

　そう言った後、男は神妙な面持ちになって続けた。

「ファナから話は聞いていると思うが、君の母親は今、原因不明の病にかかっている。幸い感染の恐れはないようだから、早めに様子を見に行くといい」

「……分かりました。お気遣いありがとうございます」

　クレナが静々と礼を述べる。

　その様子に、俺は少なからず驚いていた。あのクレナが、こうも謙虚な態度を取るとは。

　この男は一体、何者なのだろう。

「それで、こちらの二人が、ファナの言っていた人間と獣人だね？」

　男の問いかけに、隣に立つファナが頷く。

「はい。臨時で雇ったクレナ様の護衛です。二人はクレナ様のご学友でもあります」

　ファナが説明すると、男は微笑を浮かべて俺たちの方を見た。

「初めまして。私はギルフォード＝T＝オーディルニーズ。現吸血鬼王エドワード＝T＝オーディルニーズの弟であり、ここの領主を任されているものだ」

　男の肩書きを聞いて、俺は暫し硬直した。

　現吸血鬼王の弟。つまり、クレナよりも遥かに王と繋がりのある貴族だ。クレナが謙虚

な態度を取っていたことにも納得する。相手は王の弟であり、尚且つここの領主でもあるのだ。無礼は許されない。

「ははっ、そう硬くなる必要はないさ。吸血鬼領の領主をしていると、よく排他的な性格だと勘違いされるが、これでも色んな国を視察という名目で渡り歩くのが趣味なんだ。人間や他の亜人とも交流はあるし、気楽に接して欲しい」

ギルフォードさんは砕けた口調で言った。

その様子に、少し緊張が解れる。

「ケイル＝クレイニア、人間です。今はクレナの準眷属になっています」

「アイナ＝フェイリスタン。獣人です」

まだ声が硬い俺に対し、アイナはいつも通りの淡々とした口調で言った。時折、彼女のマイペースな性格が羨ましいと思う。

自己紹介が済むと、ギルフォードさんは顎に指を添えて何かを考えた。

「ケイル君。君が人間というのは本当かい？」

「？　はい。本当ですが……」

「ふむ……先代王の血を引くクレナの眷属とは言え、人間にしては随分と格が高いな。何も聞いていなければ、君を吸血鬼と勘違いするところだったよ」

ギルフォードさんが微かに笑みを浮かべて言う。

それから、二枚のカードのようなものを取り出して、俺とアイナにそれぞれ手渡した。

「これは……？」

「許可証だ。私が君たちの身分を認めた証となる」

そう説明したギルフォードさんは、真剣な目で俺たちを見据えた。

「申し訳ないが、この吸血鬼領は君たちがいた王都とは勝手が違う。……ここは吸血鬼のためにある街だからね。住民の中には、君たちのような吸血鬼以外の種族を見下す者も少なくない。……窮屈かもしれないが、ここにいる間はそれを携帯して欲しい」

「わ、分かりました」

緊張を感じるあまり、震えた声で返事をする。

「そう緊張することはない。君たちはクレナの友人だ。悪い扱いはされないだろう」

笑みを浮かべながらそう言って、ギルフォードさんは立ち去った。

衛士たちが門を開く。ファナが御者に一言礼を述べ、報酬を支払った。

吸血鬼領へと足を踏み入れる。石畳の街道を、老若男女の吸血鬼たちが自由に行き交っていた。道幅はあまり広くない。恐らく馬車などの運行が想定されていないのだろう。

「街というより、巨大な城みたいな感じだな」

「王都よりも入り組んでるし、至るところに階段や橋、見張り台があるからね」

階段を上り、天井のある広場を抜けると、今度はまた多くの住宅に囲まれた通路へと出る。まるで迷路のような構造だった。

「血を売っているわね」

アイナが右側にある露店の中を覗き見て言う。そこには彼女の言う通り、輸血パックのようなものが数多く並べられていた。

「学園の購買にも、吸血鬼用の血液は売っているが……規模が違うな。吸血鬼が飲む血って、あんなに種類があるのか」

「ケイル君には前も言ったけど、吸血鬼にも味の好みがあるからね。オーソドックスな血もあれば、癖のあるマニア向けの血とかもあるし。学園で売っているのは、安っぽいけど何故か飲み続けちゃうタイプかな」

露店で売っている軽食みたいなものか、と勝手に想像する。

「ちなみに、ああいう店だと血の買い取りもやってることが多いの。……ケイル君の血は相当高値で売れると思うよ」

「売らん」

はっきりと告げておく。

吸血鬼領ということもあり、やはり吸血鬼以外の種族がこの場にいるのは珍しいのだろう。俺は今クレナの眷属であるため、吸血鬼の見た目をしているが、アイナは違う。獣人である彼女には、多くの奇異の目が注がれていた。しかしアイナがそれを気にしている様子はない。

「ところで、クレナたちは、ギルフォードさんと旧知の仲なのか？」

前を歩くクレナに訊いた。

ギルフォードさんはここの領主であるため、知り合いであることに違和感はない。ただ先程の様子から、二人は単なる領主・領民の関係ではないような気がした。

「うん。まあ、本家と分家で分かれているとは言え、私にとってギルフォード様は叔父にあたるからね。昔から色々とお世話になってるの。ファナちゃんは私の専属護衛だから、その繋がりで面識があるんだよね」

ファナは「はい」と頷いた後、補足するように声を発する。

「それだけではありません。クレナ様とギルフォード様は——」

「——ファナちゃん！　そそ、それはその、い、言わなくていいから！」

突然、クレナが叫び声を上げる。

「？　は、はあ。分かりました……」

ファナは驚きを露わにしつつも頷いた。

何か言いたくないことでもあるのだろうか。少し気になったが、黙っておく。

アイナは相変わらず、平然とした態度で辺りの景色を眺めていた。

◆

「ここが、クレナの家……？」

目の前に聳える屋敷を見て、俺は思わず顔を引き攣らせた。

古めかしくも趣がある豪奢な家だった。王都の一等地でも、これほどの邸宅は中々お目にかかれないだろう。

「厳密には、別荘みたいなところだけどね。本邸は領地の方にあるよ」

クレナが言う。

屋敷に入ると、待機していた大勢の使用人と思しき者たちが、一斉に礼をした。

「お帰りなさいませ、お嬢様」

内装は、古めかしい外観からは予想できないほど綺麗で整っていた。恐らく、吸血鬼領の景観に溶け込むために、外観を調整したのだろう。

真っ直ぐ伸びる赤絨毯を歩き、クレナは傍にいる初老の男性に声をかける。

「ママは？」

「ご案内いたします」

男性が速やかにクレナを案内した。俺たちもそれについて行く。

案内された一室は、清潔感が漂う部屋だった。あまり家具は置かれておらず、小さな花瓶だけが窓際に飾られている。そのすぐ傍にベッドがあり、そこに――銀髪の女性が、腰掛けていた。

「クレナ？」

女性がか細い声を漏らす。

「ママ……っ！」

クレナは泣き出しそうな顔で、女性の方へと駆け寄った。

あの女性が、クレナの母親で間違いないらしい。

とても美しい女性だった。端正な顔立ちに、絹のように艶のある銀の長髪。こちらへ振り向く際の静々とした所作からは、彼女の落ち着いた性格が滲み出ている。――しかしその表情はどこか気怠そうで、額には汗が浮かんでいた。頬は真っ白を通り越して青褪めており、一目見るだけで弱りきっていることが窺える。

クレナは母親の膝元へ顔を埋め、黙って母を抱き締めていた。

クレナの母は、少し困った様子で笑みを浮かべ、それから俺たちの方を見る。

「初めまして。私はエルネーゼ＝Ｂ＝ヴァリエンス。クレナの母です」

クレナの頭を撫でながら、女性は名を告げた。

俺はアイナと共に軽く頭を下げ、自分の名を伝える。

「ケイル＝クレイニアです」

「アイナ＝フェイリスタン」

「ケイルさんに、アイナさんね。……あら、ケイルさんはもしかして、クレナの眷属ですか？」

エルネーゼさんの言葉に、俺は目を見開いた。

今まで、誰も言い当てられなかったというのに、エルネーゼさんはすぐに俺の正体を見抜いたのだ。母のなせる技というものだろうか。

「はい」

「そう……クレナの血がよく馴染んでいるわね。相性が良かったのかしら」

エルネーゼさんが言う。

「二人はクレナのご学友？」

「まあ……そんなところです」

肯定すると、エルネーゼさんはゆっくりと頭を下げた。

「娘のために、こんな遠くまで来ていただきありがとうございます。……ふふっ。良かったわね、クレナ。大事な友達を作ることができて。やっぱり貴女は外に出して正解だったわ」

エルネーゼさんが微笑みながら言う。しかしクレナは、不安そうな顔をしていた。

「ねえ、ママ。大丈夫なの？　何か私にできることない？」

「ありがとう。でも、心配いらないわ。私の治療は、ちゃんとしたお医者さんに頼んでいるから。……折角、王都に行ったんでしょう？　来てしまった以上は仕方ないけれど、またすぐに学園に戻りなさい。ね？」

エルネーゼさんの言葉に、クレナはただ押し黙った。

「……ごめんなさい。少し、眠たくなってきたわ」

そう言って、エルネーゼさんはベッドに横たわる。平気そうに振る舞っているが、やはり体調は芳しくないのだろう。疲れていたのか、すぐに寝息を立て始めた。

「ごめん……私、ちょっと、外で風にあたってくるね」

クレナが落ち込んだ様子で部屋を出た。

立ち去るクレナにファナが一瞬声をかけようとしたが、直前で留まり唇を引き結ぶ。

クレナが出ていった後。コンコン、とドアがノックされた。

ファナがドアを開くと——。

「ギ、ギルフォード様!?　どうしてここに!?」

ドアの外には、ギルフォードさんが立っていた。

「少しクレナに用があってね。彼女に会うついでに、エルネーゼの様子を見に来たんだ」

「そ、それにしたって、護衛の一人も連れずに来るなんて……」

「ははは、心配はいらない。これでも私は王弟だ。この吸血鬼領で私よりも強い者は存在しない。私に勝てる吸血鬼は世界でただ一人、兄上だけだよ」

ギルフォードさんが言う。

だが、ファナは護衛としての立場上、譲ることなく反論した。

「しかし、帝国軍が潜伏している可能性もあります」

ファナの言葉に、ギルフォードさんが表情を硬くする。

「帝国軍か。……やはり彼らの目的は、クレナの血と見るべきか」

「はい。これまでの状況から察するに、そうとしか思えません」

「クレナが帰ってきたと知れば、帝国軍も何か行動を起こすかもしれないな。警備には気を遣っておこう」

そう言って、ギルフォードさんはベッドの方へと歩み寄った。

ベッドに横たわり、静かに眠るエルネーゼさんを見て、ギルフォードさんはどこか悔しそうな顔をする。

「エルネーゼ。私にとって、君は妹のようなものだ。だからこそ不甲斐ない。……何もしてやれない兄を許してくれ」

ギルフォードさんは先代王の養子。対し、エルネーゼさんは先代王の実子だ。二人は腹違いの兄妹と言っても過言ではない。ギルフォードさんが、病に倒れるエルネーゼさんを心配するのは当然のことだった。

「ところで、クレナの姿が見当たらないが」

「外で風にあたると言って出ていきました。恐らく中庭にいるかと」

「あそこか。……クレナは昔から変わらないな」

過去を懐かしむような笑みを浮かべ、ギルフォードさんは部屋を出た。

ドアが閉められた後、俺はエルネーゼさんを起こさないよう小声で言う。

「エルネーゼさんもそうだが、ギルフォードさんもかなり若いよな。クレナの叔父って言うんだから、歳は結構、離れているんだろ？」

「吸血鬼の寿命は、貴方がた人間や獣人よりも遥かに長いので、老化のペースも遅いんです。ちなみにギルフォード様はあれで百歳を超えており、種族戦争も経験しています」

「百、歳……？」

あの見た目で百歳とは……人間の常識では考えられない。

「……あの人、種族戦争を経験しているのね」

アイナが呟くと、ファナが「はい」と小さな声で肯定した。

「戦時中、ギルフォード様は二十歳という、吸血鬼にとっては若い世代でしたが、その強大な力を武器に前線で華々しく活躍したそうです。……だから、この街で暮らす吸血鬼の殆どは、ギルフォード様を心の底から尊敬しております」

強い者――即ち、高い格を持つ者が領地を治める。典型的な亜人社会だ。

「そう言えば、クレナの護衛は大丈夫か？　屋敷の中とは言え、今は一人にしない方がいいと思うんだが……」

「ギルフォード様が向かっているので大丈夫でしょう。本人も言っていた通り、あの方は現存する吸血鬼の中で二番目に強い御方ですから。それに、あの方ならなんとしてもクレナ様をお守りする筈です」

ファナはそう断言した。

「……随分と、信用しているんだな」

「はい。なにせギルフォード様は、クレナ様の婚約者でもありますから」

「は？」

ファナの言葉に、俺は一瞬、思考を放棄した。

「婚約と言っても、ほぼ形式上のものです。数年前、まだ幼いクレナ様が、ギルフォード様と冗談交じりにそういう会話をしていたというだけのことですが、偶々そこが公的な晩餐会の場でしたので、周りに本気と捉えられてしまったんです。その場では引っ込みがつかず、結局、見せかけの婚約を結ぶことになったとか」

事情を聞くと少しだけ納得した。クレナなら、やらかしかねない。

「クレナ様も、ギルフォード様も、本気にはしていないと思いますが……ギルフォード様はとても義理堅い御方ですので、たとえ冗談でできた婚約者だとしても、きっと身を挺してお守りするでしょう」

成る程。だから彼女はギルフォードさんのことを信用しているのか。

少し複雑な気分だった。俺とクレナは住む世界が違うのだと、はっきりと告げられたような感覚だった。

「今の、言って良かったの？」

アイナがファナに尋ねる。

「屋敷に来る前、クレナが口止めしていたのはその件ではなかったの？」

「…………あっ⁉」

ファナが目を見開いて叫ぶ。

「ど、どうしましょう……っ⁉　どど、どうか、こ、この件はご内密に……っ‼」

青褪めた顔で懇願するファナに、俺とアイナは複雑な面持ちで頷いた。

（クレナは、どう思ってるんだろう……）

ファナは「お互い本気にはしていない」と言っていたが、本当にそうとは限らない。

もしクレナがギルフォードさんとの婚約に乗り気だった場合、果たして彼女は、今後も王都の学園に通うことができるだろうか。……王弟の婚約者が、何の策もなく他国の学園に通えるとは思えない。

その時、部屋の扉がノックされる。

「失礼します。皆様のお部屋が用意できました」

屋敷の入り口で俺たちを出迎えてくれた、初老の男性がそう告げる。

俺たちは、それぞれ屋敷内にある客室へと案内された。

◇

ギルフォードは勝手知ったる様子でヴァリエンス家の別邸を歩いていた。

ギルフォードにとって、ヴァリエンス家の現当主であるエルネーゼは、妹のような存在である。彼女との付き合いは長く、その繋がりでギルフォードは過去、何度もこの別邸に足を運んだことがあった。

しかし今、ギルフォードが探しているのはエルネーゼではない。

「クレナ」

別邸の中庭に辿り着き、声をかける。

ベンチに座っていたクレナが、ゆっくりと振り返った。

「君は、何か悩み事があると、いつもここに来るね」

「……駄目ですか？」

「いいや、寧ろ安心した。ここを飛び出て王都に向かったと聞いた時は驚いたが、どうやら君自身は昔から何も変わっていないらしい。……思えば君は、子供の頃から少し破天荒なところがあったからね。……いや、あの頃と比べると、少しはマシになったか」

「……子供の頃の話は、しないでください」

「申し訳ないが、それはできない。今日はその、子供の頃の話をしに来たんだ」

そう言ってギルフォードは、クレナの隣に腰掛けた。

「覚えているかい？　私たちが婚約を交わした日のことを」

「……はい。でもあれは、周りにいる人たちが勝手に勘違いしたから、仕方なく交わした形式上のもので……」

「それを、本物にする気はないかい？」

ギルフォードの言葉に、クレナは驚愕する。

「どういうこと、ですか？」

「王弟という立場にいても、ままならないことが多くてね。その最たる例が伴侶の選択だ。君と私の婚約は、既に多くの同胞が知る事実だが……あれ以来、私たちの間には全く進展がないからね。これが形式上のものであると薄々感づかれたらしい。だからここ数年、私はあらゆる吸血鬼から縁談を持ちかけられている」

「それは……喜ばしいこと、ですよね？　偽りの婚約が自然消滅したことで、ギルフォード様はこれから、ちゃんとしたお相手を選ぶことができますし……」

「ちゃんとしたお相手、か……」

ギルフォードは指を組み、視線を落とした。

「私に縁談を持ちかける吸血鬼は、皆、王家の栄華にあやかりたいと考えるだけの輩だ。誰も本当の意味で、私のことなど考えていない」

「そ、そんなことは……っ」

「君も似たような立場だから分かる筈だ。クレナ。君もここ数年、幾つもの縁談を持ちかけられているだろう？」

ギルフォードの問いに、クレナは何も答えない。その無言は肯定の証だった。

クレナは幼い頃から、非常に見目麗しい少女として吸血鬼たちの注目を浴びていた。母親であるエルネーゼもかつては傾国の美女とまで言われた人物だ。ヴァリエンス家の富や地位を求める者は大勢いる。だがそれ以上に、クレナ自身の魅力に惹かれ、多くの男たちが彼女を妻に迎えたがっていた。

しかしそれは――クレナにとって束縛の一つだった。

彼らはクレナの理解者である風に装っているが、決してそうではない。何故ならクレナは最初から縁談なんて望んでいないのだ。かねてより貴族らしい日々を嫌い、束縛とは無縁の生活に憧れていたクレナにとって、相手が誰であろうと縁談を持ちかけられること自体が苦痛である。縁談を持ちかける男たちはそんなクレナの本心に気づいていない。しかし……ギルフォードだけは見抜いている。

「私たちが婚約を交わしたのは、君がまだ十歳にも満たない頃だ。お互い実感がわかないのも無理はない。しかし私は……今まで黙っていたが、あの日以来、少しずつ君に惹かれていた。今、こうして話しながら確信したよ。私は君に魅了されている」

「ギルフォード様……」

「クレナ、真剣に考えて欲しい。君は私のことを良く知っているし、私も君のことは良く知っているつもりだ。ならお互い、良く知らない相手と結ばれるよりは、ずっと幸せな未来が待っていると思わないかい？」

「で、でも……そんな、どうしてこんな時に……」

「こんな時だからこそ、さ」

困惑するクレナに、ギルフォードは優しく、論理的に、諭すように語る。

「クレナ。私は誰よりも君の傍で、君を守りたいんだ」

真っ直ぐなギルフォードの言葉を聞いて、クレナが純粋な眼を見開いた。

「酷い言い方になってしまうが……もし、エルネーゼの病がこのまま治らなかったら、君は今まで以上に貴族としての問題を抱えることになるだろう。ヴァリエンス家の当主は君の父親が引き継ぐと思うが、エルネーゼの領地経営の手腕は見事なものだった。彼女の抜けた穴は、恐らく君の父親だけでは埋められない。きっと、君もすぐに手伝いに駆り出される。そうなると……君は一層、束縛されることになるだろう」

クレナは無言で頷く。

「だが私が傍にいれば、君をそうした事情から守ることができる。私たちが結ばれることで分家と本家の隔たりは消える。つまり私や他の王族が、堂々と君を支えることができるんだ。……勿論、君を束縛する気はない。さっきも言ったけれど、私はクレナのことを良く知っているつもりだからね。私は君の、伸び伸びとした性格が好きだ。君が望むのであれば、今後もアールネリア王国の学園に通っても構わない」

それはクレナにとって――破格の条件と言っても過言ではなかった。

少なくとも条件だけを考えれば、クレナの理想に近い。ギルフォードは、自身よりも低い身分であるクレナに、これでもかというくらい歩み寄っている。

しかし、それでも――。

クレナの頭に、ある少年の姿が過ぎった。

「……少し、考えさせてください」

か細い声で告げるクレナに、ギルフォードは優しく笑みを浮かべた。

「分かった。君の答えを待とう」

視線を落とすクレナの前で、ギルフォードは踵を返し、立ち去った。

◆

屋敷二階にある客室へと案内された後、俺たちは自由時間を取ることにした。

自由と言っても、この空気だ。エルネーゼさんの体調は正直、予想以上に悪く、クレナもすっかり塞ぎ込んでいる。

（楽しく観光……なんて気分には、なれないな）

王族としての束縛。帝国軍という脅威。母の病。

今、クレナの身に、これだけ多くの不幸がのし掛かっている。どうにかしてやりたいという気持ちは勿論あるが、いずれも簡単に解決する問題ではない。

（ここでじっとしていても、何も変わらないか……）

頭の靄を晴らすべく、部屋を出る。

「──あ」

扉を開いて廊下に出ると同時、丁度通りがかったクレナと遭遇した。

「ケイル、君……」

クレナはまん丸に開いた目で、俺を見つめる。

「その――わ、私、ちょっと考えたいことがあるから、失礼するね！」

「あ、ああ」

妙に焦った様子で、クレナが早足で去って行く。

遠退くその背中が見えなくなる前に、俺は口を開いた。

「クレナ！」

一瞬、立ち止まるクレナに、俺は続けて声をかける。

「何か相談があったら、乗るから。……あまり気負うなよ？」

「……うん」

小さく頷いたクレナは、再び早足で廊下を去った。

（ギルフォードさんが、うまくクレナを元気づけてくれたのか……？）

いつもと比べて様子は変だが、落ち込んでいるようには見えない。

エルネーゼさんも心配だがクレナも心配だ。後で改めて様子を見た方がいい。

「ケイルさん、どうかしましたか？」

廊下で立ち尽くしていると、ファナが不思議そうな顔で俺に声をかけた。

「いや……部屋でじっとしているのも退屈だから、適当に出てきただけだ」

「外に出るようでしたら、案内役の従者をおつけしましょうか？　私は仕事が幾つか残っていますので、この屋敷から出ることはできませんが……」

「……いや、いい。俺もここから出るつもりはない」

今のクレナを置いて何処かへ行く気にはなれない。

「ケイルさん。貴方にはずっと、訊きたいことがありました」

不意に、ファナが真剣な顔で言う。

「クレナ様の学園生活についてです。……クレナ様は、無事に過ごせていましたか？」

視線を落として、どこか不安そうに尋ねるファナ。

俺は数日前の、学園での日々を思い出して——苦笑いする。

「……無事どころか、俺より楽しそうだったぞ」

できるだけ簡潔に、クレナの学園生活について語った。

転校一週間でファンクラブができるほど男子に人気があること。それでいて女子生徒からのやっかみを受けることもなく、すっかりクラスに溶け込んでいること。

アールネリア王国の社会に馴染むため、図書館などを利用して、積極的に人間の社会について勉強していること。

学園行事の内容をノートに取るくらい、これからの日々に期待していること。

全て、ファナに伝えた。

「……という感じで。クレナは学園生活を、随分と満喫していた」

「そう、ですか……それを聞いて安心しました」

ファナは微笑を浮かべる。しかし、すぐにまた目を伏せた。

「……クレナ様から聞いているかもしれませんが、私は最初、クレナ様がこの吸血鬼領から出ることに反対していました。ですが……今はもう、その気持ちはありません。……ケイルさん、これを見てください」

そう言ってファナは視線を、隣の机に注いだ。

机の上には一枚の写真が立てかけてある。そこには幼い銀髪の少女が写っていた。

「これは……クレナか？」

「はい。まるで楽しそうではないでしょう？」

先程俺が語ったクレナと、比べるような言い方だった。

写真に写るクレナは、今と比べて二、三歳は若かった。その表情は――ファナの言う通り、感情が欠片も見えない冷え切ったものだ。

俺の知るクレナとは、感情表現が豊かでいつも楽しそうに笑っている少女だ。

写真の少女は、容姿こそ俺の知るクレナと同じだが、纏う雰囲気がまるで違う。いっそ別人と言われた方が信用できる。

「元々クレナ様は、柵のない自由な生活に憧れていました。しかしこれまで、私たち護衛や従者がその気持ちに応えられたことはありません。周りの束縛によって、感情を押し殺さなくてはならない時、クレナ様はしばしばこういう顔をされました。

クレナ様をお守りするためとは言え、私たちはこの顔を見る度に心が締め付けられていました。できることなら、これ以上、クレナ様にはこんな顔をして欲しくありません」

次第に震えた声になりつつも、ファナは自らの心境を吐露した。

「――護衛が、そのような言葉を口にしてはなりません」

背後から声をかけられる。

振り向くとそこには、俺を客室へ案内した初老の従者が立っていた。

「申し遅れました。私はエバンス。ヴァリエンス家の護衛筆頭を務めております」

自己紹介を聞いて、俺は無言でファナの方を見る。護衛筆頭ということは、ファナの上司でもある筈だ。ファナは小さく首を縦に振った。

この男が、クレナやエルネーゼさんを守る護衛のまとめ役らしい。

「ケイル様、補足させていただきますが……我々はクレナ様の意思をできる限り尊重しております。しかし、人間である貴方には理解し難い話かもしれませんが、亜人にとって王の血筋とは、非常に大きな力を意味するのです。

その力を悪用せんとする者も、決して少なくはありません。良からぬ者に捕(と)らわれてしまえば最後、洗脳の末、逆賊(ぎゃくぞく)の旗印として利用されることになるでしょう。……亜人社会における内戦とは、王族が反旗を翻(ひるがえ)すことで始まることが多いのです」

実際の旗振(はたふ)り役は、別人だとしても――エバンスさんはそう続ける。

「帝国軍とのいざこざについては私も耳にしております。しかし、クレナ様をお守りするには、やはりこの吸血鬼領が好ましい。ここにはクレナ様の味方が数多く存在します。意思決定や情報の共有も、この街にいた方が迅速(じんそく)に行うことができるでしょう」

「……しかし、帝国軍は過去、この吸血鬼領を出入りしていますし――」

「たとえ出入りはできても、拉致(らち)には至りません。無論、今はその出入りすら未然に防ぐつもりですが……ここにいる限り、最悪の事態だけは必ず防ぐことができるでしょう」

そう告げるエバンスさんに、俺は押し黙った。

クレナは以前から吸血鬼領で、血液検査という怪(あや)しいものを受けてきたが、それでも拉致には至っていない。エバンスさんの言葉には説得力がある。

「実際、クレナ様が吸血鬼領の外に出て、どうなりましたか？　道中、何度も敵の襲撃(しゅうげき)を受け……遂(つい)には眷属に頼(たよ)らなくてはならないほど、クレナ様は追(お)い詰(つ)められた。この吸血鬼領にいれば、決してそんなことは起こらなかったでしょう。

主を守るためには、時に主の意思を否定しなくてはなりません。しかしそれは束縛ではなく……導きです。同情と優しさだけでは、守れるものも守れません」

最後の一言は、ファナを見ながら告げていた。

「恐らくクレナ様は今後も吸血鬼領の外で暮らしたがるでしょう。ですが、クレナ様のことを真に大切に思うのであれば……冷静に窘めるべきではないかと、私は思います」

そう言って、エバンスさんは俺たちの前から立ち去ろうとした。

踵を返す直前、

「ファナ。エルネーゼ様のご容体を確認して来なさい」

「は、はい」

返事をしたファナは、暗い顔で俺を一瞥した。

「その……また後で」

「……ああ」

エバンスさんの後をファナがついて行く。

一人になった途端、頭の中でエバンスさんの言葉を何度も反芻した。クレナのことを真に大切に思うなら――冷静になって窘めるべき。その言葉が蘇る度に心が冷めていく。

「ケ、ケイル君！」

あてもなく屋敷の中をうろついていると、クレナに声をかけられた。

「相談……………したいことが、あるんだけど」

その言葉に、俺も小さく頷く。

「……俺も、相談したいことがある」

◆

二人きりで相談したいとのことだったため、俺はクレナを宛がわれた客室へ入れた。

どうも先程からクレナの様子がおかしい。体調に問題があるわけではなさそうだが、挙動不審だ。それに何故か目を合わせてくれない。

「……それで、クレナ。相談って？」

「ケ、ケイル君から先にどうぞ」

「いや、俺の方は急を要するわけじゃないし――」

「わ、私のも別に、そんな大したことじゃないから！　後で大丈夫！　そ、それより今はケイル君の話が聞きたいかなー！　なんて……」

「そ、そうか……」

わたわたと慌てながら言うクレナに困惑する。

態度に引っ掛かりを覚えるが、それなら先に俺の相談をさせてもらおう。

「実はさっき、エバンスさんと話してたんだ」

「エバンスさんと？」

「ああ。……クレナは、吸血鬼領を出るべきなのか、話し合った」

その一言に、クレナは硬直した。

真剣な面構えとなるクレナに対し、俺は自らの考えを述べる。

「エバンスさんは、亜人にとって、王の血筋であることには大きな意味があると言っていた。良からぬ者の手に渡れば、洗脳の末、悪用される可能性もあると言っていた。そういう事態を避けるためには……この吸血鬼領で過ごすことが一番いいらしい」

クレナは黙って、俺の話を聞き続けている。

「俺は、王都で楽しそうに過ごすクレナを見て、これが正しいんだと思った。だが……それはあくまで俺の、人間としての考え方だ。……亜人には亜人の生き方がある。ひょっとしたら、クレナが吸血鬼領を出るということは……人間である俺には、想像もつかないほど大きなリスクがあるのかもしれない」

今まで俺は何度か、クレナが抱える悩みを聞いた。その度に俺は、真剣に向き合ってきたつもりだが……人間である俺が、本当に正しく向き合えていたのだろうか。

「だから、クレナ。王都に戻る前に、もう一度だけ真剣に考えてみてくれ。クレナがこの吸血鬼領を出るのは、本当に正しい選択なのか――」

突然、クレナが両手で俺の頬を挟む。

僅かな痛みを感じ、俺は目を見開いた。

「ク、クレナ……？」

「――そんなの、とっくに考えてるよ」

美しい真紅の瞳で俺を見据えながら、クレナは言う。

「亜人の生き方とか、人間の生き方とか、そんなのどうでもいい。私たちがそんなものに縛られる必要なんてないよ。……人間だって、皆が皆、同じ生き方をしているわけじゃないんだし……ケイル君だって、その一人でしょ？」

クレナの言う通りだ。無能力者である俺は、人間の一般的な生き方ができていない。

「私はもう考えた。とっくの昔に、嫌というほど考えた。だから覚悟して――この吸血鬼領を出たの。その気持ちが今更変わることはない」

強い意志を秘めた声音で、クレナは言う。

「それに、今のケイル君は人間じゃないよ。今のケイル君は、私の眷属――吸血鬼なんだから。ケイル君の考えが役に立たないなんてことはない」

そう言って、クレナは真っ直ぐ俺を見た。

「だから、お願い…………ケイル君の考えを聞かせて」

その一言に、俺は考えを改める。

確かに先程、俺が告げた言葉は——俺のものではない。エバンスさんのものだ。

俺は……どう思っているのだろうか。

「……何が正しいのかは、分からない」

最初に、本音を伝える。

「エバンスさんの言い分は、多分、間違っていないと思う。でも、クレナが吸血鬼領を出たいと言うなら……その気持ちを尊重した方がいいんじゃないかとも思う。

本当はここで俺が、『もし吸血鬼領を出るなら、エバンスさんたちの代わりに俺がクレナを守ってやる』と、言えればいいんだが……正直そこまでの自信はない。所詮、俺はただの学生だ。感情だけではどうにもならない問題も出てくると思う」

クレナのことは大切に思っている。だからこそ、無責任な行動はしたくない。

落ちこぼれと罵られてきた俺が、今まで死ぬこともなく、心が折れることもなく、学園に通い続けることができたのは、自身の弱さを認めていたからだ。自分の弱さや欠点を自覚することだけなら誰にも負けない。格好悪いと思われるかもしれないが――これは大切なことであると、俺は過去の経験から学んでいた。

だが同時に、自分の意思も同じくらい大切であると俺は思う。

「それでも、我儘(わがまま)を言わせてもらうなら――俺はこれからもクレナと一緒(いっしょ)にいたい」

俺自身の考えを。俺自身の希望を、クレナに告げる。

「クレナのおかげで、俺も最近、学園が楽しいんだ。クレナがこれからの日々に期待しているように……実は俺も、クレナと一緒に過ごせる学生生活に期待している」

クレナが学園の行事を楽しみにしていることに気づいた時、俺は内心で思った。

クレナと一緒なら、楽しい日々が送れるかもしれない。

「だから……一緒にいて欲しい」

無責任な行動はしたくないのに、無責任な発言をしている。その自覚はある。

けれど、俺が何を言ったところで、最終的にはクレナが判断することだ。そして、クレナは他人の言葉に惑(まど)わされるような少女ではない。

俺は今、この場で、自分の気持ちを曝(さら)け出してもいいと判断した。

「うん……私も、ケイル君と一緒がいい」

クレナは小さく首を縦に振った。

「これからも……ケイル君と、一緒に……」

まるで自分の本心を確認するかのように、クレナは繰り返し言う。その頬は徐々に紅潮していき、クレナはどこか嬉しそうに笑みを浮かべていた。

やがてクレナは「よし」と小さな声で気合を入れ、立ち上がる。

「ごめん。ちょっと用事を思い出したから、行ってくるね」

「……相談があったんじゃないのか？」

「もう解決した！」

すっかり気の迷いも晴れた様子で、クレナは笑う。

「ケイル君。私も、何が正しいかなんて分からないよ」

踵を返したクレナは、最後にもう一度だけこちらに振り向いて言う。

「だから私は――――ケ、ケイル君を、選びますっ！」

顔を真っ赤にして宣言したクレナは、慌てた様子で部屋から出て行った。

「……どういう意味だ？」

結局、クレナが相談したかったことも分からなかった。

首を傾げながら俺も部屋を出る。一階に繋がる階段を下りたところで、クレナが一人の護衛と共に、屋敷の外へ出て行くのが見えた。

閉じられた扉を無言で眺めていると、廊下の向こうから、片手に透明な容器を持ったファナがやって来た。

「ファナ、それは？」

「お水です。エルネーゼ様の部屋に持っていく途中でして。……あの、先程クレナ様が凄く嬉しそうな顔で外に出て行ったのですが……何かあったんですか？」

「ああ……今後の方針について話をしたんだ」

この件についてはファナも当事者だ。内容を伝えておくべきだろう。

「エバンスさんが言っていたことも、俺なりに考えてみたが……やっぱり俺は、クレナは外の世界で生きるべきだと思う。だから、そう伝えた」

護衛であるファナには申し訳ないことをしたかもしれない。

しかし話を聞いたファナは、薄らと笑みを浮かべた。

「もう、貴方には何度お礼を言っても足りませんね」

視線を落としながら、ファナは言う。

「私は、エバンスさんにあそこまで言われて……正直、心が折れかけていました。きっと私では、クレナ様に前を向かせることはできなかったでしょう」

落ち込んだ様子で言うファナに、俺はどこか引っかかりを覚えた。

「エバンスさんみたいな護衛も、確かに必要だと思う。……でも、皆が皆、エバンスさんみたいな護衛だと、クレナは窮屈な気持ちになるんじゃないか？　俺はもう少し、クレナの味方が多くてもいいと思うぞ」

「クレナ様の、味方……」

「ああ。……俺はクレナの護衛である以前に、あいつの味方でありたいと思っている」

聞けば、クレナがこの吸血鬼領を出るにあたり、味方となってくれたのは母親のエルネーゼさんのみだと言う。これだけ広い屋敷の中で、あれだけ多くの従者に囲まれていながら、味方となるのは母親だけ……そんな寂しい話があるだろうか。

「……努力してみます」

ファナの唇から小さな声がこぼれ落ちる。

「私も――クレナ様の味方でありたいと、思いますから」

決意を灯した瞳を浮かべてファナが言う。

「エルネーゼさんの部屋に行くんだよな？」

「はい。お水の入れ替えと……簡単な掃除を済ませておこうと思いまして」

「なら俺も手伝おう。ここに泊めてもらう礼がしたいし」

「ありがとうございます」

ファナと共に、エルネーゼさんの部屋へと向かう。

俺たちが部屋に入ると、何故かエルネーゼさんの傍にアイナの姿があった。

「アイナさん？　どうしてこの部屋に……」

ファナの疑問に、アイナは鋭い目つきで何処かを見ながら答える。

「……この部屋から、妙な臭いがしたから」

「臭い、ですか？　分かりました、換気しておきます」

「そういう意味ではないわ」

そう告げたアイナは、ファナが持つ水に視線を注いだ。

「ファナ。その水は、エルネーゼさんに？」

「そ、そうですけど」

アイナが眉間に皺を寄せる。

「それ、毒よ」

「……え？」

「エルネーゼさんは病気ではない。毒を盛られているわ」

アイナが、ベッドで眠るエルネーゼさんを見ながら言った。

◇

クレナは護衛と共に、吸血鬼領の中心にあるギルフォードの屋敷へと足を運んだ。

本来、この街の領主であるギルフォードと面会するには、事前にアポを取らなくてはならない。しかしクレナはこの街において、ギルフォードに次ぐ地位の吸血鬼である。加えて、仮初め（かりそ）とは言えクレナとギルフォードは婚約者の関係だ。唐突（とうとつ）にギルフォードの屋敷を訪問したクレナだが、その前に立ちはだかる衛士（えじ）は一人もいなかった。

入り口で護衛と別れたクレナは、一人で屋敷の奥（おく）へ進む。

「ギルフォード様」

屋敷の奥。街並みを一望できる大きなテラスに、ギルフォードはいた。

「クレナか？」

振り返るギルフォードに、クレナは覚悟を決めて告げる。

「ギルフォード様、お話があります」

硬（かた）い声音で告げるクレナに、ギルフォードは察した。

「私たちの、結婚（けっこん）についての話だね」

「……はい」

クレナは服の裾を握り締め、勇気を振り絞る。

「あの話……お断りさせて、いただきます」

ギルフォードの目が、僅かに鋭くなる。

「何故だい？　私は、君が満足する条件を提示した筈だが」

「……条件に、不満があったわけではありません」

その返答に、ギルフォードは暫し考えた末、口を開いた。

「では、私に不満があったのか」

「そっ⁉　それは、その……ギ、ギルフォード様が悪いわけではありません！　寧ろギルフォード様は、私には勿体ない御方です。……きっと貴方には、私なんかとは比べものにならない程の、器量に満ちた女性がいると思います」

「それはあくまで君の推測だ。私が結ばれる相手は、私が選びたい。……そういう話を君とはした筈だ」

「それは……」

クレナは押し黙る。

「誰か、気になる人でもいるのかい？」

クレナは石像のように硬直する。

今、何か反応を示せば、それだけで頭の中を見透かされるような気がした。――しかしその沈黙もまた、肯定の証に他ならなかった。

「ケイル君か」

「にゃっ⁉　ななな、なんでっ⁉」

「見れば分かるよ。君の、ケイル君を見る目は特別だ。あの気難しいファナも、彼には心を開いているようだったし……きっと彼は、信頼に足る男なんだろうね」

頬を真っ赤に染める慌てふためく彼女に、ギルフォードは苦笑する。

「そうか。………そういうことなら、仕方ないな」

ギルフォードが少し残念そうな顔をした。

暫く無言が続くと、再びギルフォードが口を開く。

「ところで、クレナ。疑問に思ったことはないかい？」

不意に、ギルフォードが訊いた。

「以前、君は帝国の人間から、よく血液検査を受けていた筈だ。君もアレが不自然なことには気づいていたね。しかし、外部の人間がこの吸血鬼領に入るには、必ず許可が下りなくてはならない。丁度、今日のケイル君やアイナさんみたいにね」

唐突な話題転換に、クレナは目を丸くしながらも頷く。

「さて。では一体、誰が帝国の人間に許可を出していたと思う？　誰が、彼らを手引きしたんだと思う？　――普通に考えれば、その人物が犯人ではないか？」

ギルフォードが訊く。

それは――当然、許可を出すことができる者だ。

その人物は、吸血鬼領の中で一人しかいない。

「まさか――」

クレナが焦燥に駆られ、立ち上がる。

直後その胸に、真紅の杭が穿たれた。

「王の血筋に、格の高さ。それらは亜人にとって、良くも悪くも抗いがたい力の象徴となる。……表面さえ取り繕えば、民衆の目を騙すくらい造作もないことだ」

「ギル、フォード……様……？」

クレナが目を見開く。

その目の前には、下卑た笑みを浮かべたギルフォードがいた。

「まったく……」

ギルフォードは面倒臭そうに、腕から伸びる真紅の杭をスルリと引き抜いた。クレナが小さな呻き声を漏らして倒れる。

「本当に君は……仕方ないな」

　意識を失ったクレナを、ギルフォードは冷めた目で見下ろした。

◆

「毒を盛られているって、間違いないのか……？」

　アイナの発言に、俺はすぐに訊き返した。

「間違いない。この辺りでは珍しいものだったから気づくのが遅れたけれど、水の中にナルキベナという植物の毒が含まれている。……ナルキベナの毒は、放置すると呼吸中枢が麻痺して、やがて死に至る」

「ど、どうすればいい？　すぐにでも解毒を……」

「ナルキベナはこの辺りには棲息しない。だから解毒薬も出回っていない。材料を集めて自分で薬を調合するとしても、今から二日はかかる」

　そう言って、アイナはファナの方を見た。

「ファナ、エルネーゼさんが体調を崩したのはいつ？」

「丁度、十日前です」

「ならあと三日は保つわね。それまでに薬を作らなくてはならない」

そう言ってアイナは、先程までファナが持っていた水を見る。

「ファナ。その水、どこから用意したの？」

「……私と同じ、ヴァリエンス家の従者に渡されました」

ファナが沈痛な面持ちで呟いた。

彼女の心中は察するに余りある。

（ヴァリエンス家の従者に、裏切り者がいるということか……？）

ヴァリエンス家の長女クレナの護衛であるファナにとって、それは同僚に裏切り者がいるに等しい。責任感が強い彼女のことだ。もしこの予感が正しければ、彼女はそれを他人事とは思わず、自分の過ちのように感じるだろう。

（もしアイナの言うことが事実なら……色んな辻褄が合ってしまう。クレナが帝国に狙われている件と、エルネーゼさんが毒を盛られた件。……クレナを誘い出すために、帝国がエルネーゼさんに毒を盛ったと考えれば……）

嫌な予感を巡らせる。

その時、ドアがノックされた。

「失礼いたします」

扉の向こうから、エバンスさんがやって来る。

「ギルフォード様が、皆様を晩餐会へ招待したいとのことです。既にクレナ様もお待ちになっております」

エバンスさんの言葉に、俺とファナ、アイナは顔を見合わせた。

クレナは既に晩餐会の場にいるらしい。先程、クレナは慌てた様子で俺の前から去ったが、ギルフォードさんのもとへ向かったのだろうか。

「すみません。今は、それどころじゃ――」

晩餐会に参加している場合ではない。

そう告げようとしたが、不意にアイナが腕を伸ばし、俺の言葉を遮った。

「……誰が裏切り者か分からない今、少なくともヴァリエンス家の従者には、事情を伝えるべきではないわ」

アイナの耳打ちに、俺は唇を引き結ぶ。

それは――エバンスさんが裏切り者である可能性もあるということか。

「ケイルたちは領主に事情を説明してきて。私はエルネーゼさんを診る」

アイナの言葉に、俺は少し遅れてから「ああ」と頷いた。

「……何か、あったのですか？」

エバンスさんが不思議そうな顔で訊く。

「……いえ、何も」

ファナと視線を交わし、互いに頷き合う。

「アイナ、そっちは任せた」

「ええ」

エルネーゼさんのことは一時的にアイナに任せる。

俺はファナの案内に従い、ギルフォードさんが待つ場所へと向かった。

◆

流石に領主なだけあって、ギルフォードさんの屋敷はこの吸血鬼領の中でも最も大きなものだった。立地も領地の中心かつ一番高い場所だ。周囲を崖に囲まれているため、陽光が射し込むことはないが、見下ろせば街の夜景を一望できる。

「毒の件、ギルフォード様には伝えておきましょう。あの方なら何か知っているかもしれません。それに……早急に解毒薬が必要です」

「……ああ」

ギルフォードさんなら解毒薬も用意してくれるだろう。

既に晩餐会の話は通っていたようで、屋敷の前で待機していた衛士は、ファナの顔を見るなり一礼して俺たちを中に入れた。荘厳な扉を抜けると、若い女性の従者が俺たちを晩餐会の場へと案内する。

「やあ、待っていたよ」

突き当たりの扉を開いた先に、ギルフォードさんがいた。

長いテーブルの上に、沢山の豪華な料理が並べられている。ギルフォードさんはその奥にある椅子に腰掛けていた。

「さあ、好きなところに座ってくれたまえ。態々遠いところから来てもらったんだ。領主として、せめてこのくらいの持てなしはさせてもらおう」

ギルフォードさんが微笑して言う。

平民である俺が、これほどの料理を一度に目にするのは生まれて初めてのことだった。

しかし、今はその料理に舌鼓を打っている場合ではない。

「すみません、ギルフォードさん。お誘いいただいてありがたいんですが……」

「うん？　どうかしたのかい？　そう言えば、アイナさんの姿が見当たらないが」

「それが――」

ギルフォードさんに近づき、事情を話す。

全ての説明を終えた時、ギルフォードさんは眉間に皺を寄せていた。

「毒？　馬鹿な。医者が言うには、あれは吸血鬼特有の病だ。アイナさんは獣人だから何か勘違いしたんだろう。それに、ナルキベナはこの辺りには棲息していない」

毒自体はどこからでも取り寄せられる。吸血鬼領は基本的に吸血鬼のみが立ち入りできるそうだが、よもや領民の生活を領内にいる吸血鬼だけで賄っているわけではあるまい。例えば商人など、外界と繋がっている吸血鬼もいる筈だ。

しかしギルフォードさんが言う通り、アイナが吸血鬼の病を知らなかった可能性も十分ある。

「ギルフォード様。お言葉ですが……獣人の嗅覚は、我々とは比べ物にならないほど鋭敏です。毒の可能性も、十分あるかと……」

ファナがそう言うと、ギルフォードさんは少し考える素振りを見せてから答える。

「……分かった。念のため、商人に解毒薬を手配してもらおう」

解毒薬の手配。……それは、何日かかるのだろうか。

「そんな、悠長なことをしている場合では――」

「ナルキベナの毒は、完全に回るまで二週間近くかかる筈だ。仮に毒の話が本当だったとしても、あと三日は保つ。今から動けば必ず間に合うだろう。……気持ちは分かるが、今の私にできることは、これだけだ」

ギルフォードさんの説明に、俺は押し黙った。

あと三日は保つ。これはアイナも言っていたことだ。俺は少し焦りすぎているのかもしれない。

「迅速な報告、助かるよ。立ちっぱなしも疲れるだろうし、取り敢えずかけたまえ。クレナの屋敷から、ここまで来るのは大変だったろう」

ギルフォードさんの言葉に、俺とファナも近くの椅子に腰を下ろした。

手元にあったグラスを口元で軽く揺らす。甘い果実の香りがした。

「実は私も、君たちに報告しなくちゃいけないことがあるんだ」

ギルフォードさんは、グラスを傾け、ワインで喉を潤した後に言った。

「クレナ。入りたまえ」

ギルフォードさんがそう告げると、壁際で待機していた二人のメイドが、奥の扉を開いた。

扉の向こうから、美しいドレスを身に纏ったクレナが現われる。普段はあどけなさを残す印象だったが、ドレスを纏ったクレナは少し大人びて見えた。

だが、絢爛豪華な衣装と相反するように、表情は暗い。

その様子は、少し前にファナから見せてもらった、写真の中のクレナと酷似していた。

「クレナ……?」

一瞬、その容姿に見惚れたが、クレナの様子がおかしいことに気づき正気に戻る。

「クレナ。自分の言葉で、説明しなさい」

「……はい。ギルフォード様」

クレナは小さく頷いた。

「ごめん、ね。ケイル君。私……もう、学園には戻らない」

ギルフォードさんの隣に立ち、クレナは告げる。

「私、ギルフォード様と、結婚することにしたの」

◆

晩餐会の内容は殆ど覚えていなかった。

食事は多分、美味しかったと思う。平民の俺が本来、口にできないほど上等な食材が使われていた筈だ。食事の合間にギルフォードさんとも何度か会話した。クレナは殆ど黙っていたが、それでも幾らか言葉を交わしたと思う。

しかし——晩餐会の間。俺の頭の中はずっと疑問で一杯だった。

そのせいで食事の内容も会話の内容も、殆ど記憶にない。

（クレナが、ギルフォードさんと結婚する……？）

晩餐会が終わった後、俺とファナはヴァリエンス家への帰路についた。

クレナはいない。彼女はギルフォードさんの屋敷に泊まるらしい。

ギルフォードさんとクレナが結婚する。この事実に、不自然な点はなかった。二人は元々、婚約者だったとのことだ。それは形式上のものだったそうだが、仮初めの関係を続けるうちに、お互い惹かれ合ったのだろう……と考えれば、今回の結婚は自然のことである。

しかし——。

（学園には、もう戻らない……？）

晩餐会ではアルコールの入ったワインも提供されていた。

だが俺はそれを飲んでいない。俺の頭は間違いなく冷えている。

冷静に思考する。——あれだけ学園での日々を楽しみにしていたクレナが、こんないきなり、その全てを捨て去るような真似をするだろうか。学園を卒業したら結婚するというならまだしも、今すぐに結婚するからもう王都には戻らないだなんて。いくらなんでも急すぎるのではないか？

「どういう、ことでしょうか……」

隣を歩くファナが、震えた声で呟いた。

「ケイルさん。クレナ様は、王都に戻ることを所望しているのではなかったのですか？」

「……その筈だ」

明言はしていない。確かにクレナは、はっきりと学園に戻るとは言っていない。

だが、これまでのクレナの行動や、あの様子から察すると、どう考えても彼女は再び王都に戻るつもりだった。それだけは確信している。

「……率直にお尋ねします。この結婚は、クレナ様の意思だと思いますか？」

長年クレナの傍に付き添ってきたファナが、今のクレナに違和感を抱いている。

「……思わない」

俺は正直に答えた。

「クレナは、王都に出て、学園に通えたことを本当に喜んでいた。なのに、こんな唐突に学園を辞めるだなんて……到底、信じられない」

そう告げると、ファナは黙り込んだ。彼女も全く同じ意見らしい。

「それに……晩餐会での様子を見ればわかる。この結婚が、本当にクレナの望んだものなら、あんな風に落ち込んだりはしない」

ファナが小さく頷いた。

やはり彼女も気づいていたのだろう。晩餐会で、ギルフォードの隣に佇んでいたクレナは――あの写真に写っていたクレナと同じだ。自分の意思を、押し殺している。

「ファナ。エルネーゼさんが本当に毒を盛られていた場合、誰かが意図的にエルネーゼさんを苦しめたことになる。だとしたら、その黒幕は――」

ファナが無言で俺の腕に触れ、言葉を遮る。

「続きは、屋敷の中で話しましょう……」

緊張した面持ちで告げるファナに、俺は小さく頷いた。

黒幕の正体は、この場では話せない。――ファナも薄々犯人の正体に気づいている。

「お帰りなさいませ」

ヴァリエンス家の屋敷に帰ると、使用人たちが礼をした。

俺とファナはすぐにエルネーゼさんの部屋へと向かう。

「遅い」

部屋に入るなり、アイナが短く告げた。

アイナはベッドの傍にある椅子に腰掛けていた。ベッドの上では、エルネーゼさんが苦しそうな様子で眠っている。

「犯人が分かった」

「え？」

椅子から立ち上がって言うアイナに、俺は疑問の声を発した。

アイナは部屋の片隅にあるクローゼットへ近づき、その戸口を開く。

すると——中から、手足と口を縛られた若い男が現われた。

「なっ⁉」

驚きのあまり声を漏らす。

服装からして、この男もヴァリエンス家で働く従者の一人だ。男は目尻に涙を溜め、恐怖に染まった表情を浮かべている。

「二人がここを出た後、水の交換をしに来た人よ」

アイナが簡潔に告げ、テーブルの上を指さす。

そこには確かに、新しく用意された水が置かれていた。

「じゃあ、この人がエルネーゼさんに毒を盛った犯人ということか……？」

「そうだけれど、そうではない」

そう言って、アイナは男の口を縛っている白い布を解いた。

床に落ちた白い布は、カーテンの切れ端だった。良く見ればクローゼットの脇にあるカーテンが、大胆に引き裂かれている。

「ひいっ!? ゆ、許してください！　私は何も知らなかったんです!!」

「黙って」

困惑する男に、アイナは冷淡な様子で告げた。

「もう一度、同じことを訊く。正直に、はっきりと答えて」

男が無言で何度も頷く。

「貴方が持ってきた水は、誰が、どうやって用意したの？」

「あ、あの水には、医者が処方した微量の薬剤を入れています。わ、私がこの屋敷で、水に薬剤を入れて、ここまで持ってきました」

「なら、その薬剤を貴方に渡したのは誰？」

その問いに、男は緊張した様子で答えた。

「ギ、ギルフォード様です」

その答えに——俺は、音を立てずに息を吐いた。

「やっぱり、そうか」

「ケイル、気づいていた？」

「ああ。……実はさっき、晩餐会でギルフォードさんがクレナと結婚すると発表した。クレナは結婚するから、もう学園には戻らないそうだ」

「……成る程、それは怪しいわね」

アイナの言葉に俺は頷く。

「冷静に考えたら、クレナが吸血鬼領を出た直後にエルネーゼさんが倒れるなんて、いくらなんでもタイミングが良すぎる。……エルネーゼさんは、クレナを誘い出すために毒を盛られたんだろう。そこに加えて唐突な結婚だ。俺にはギルフォードさんが、クレナを吸血鬼領に縛り付けたがっているようにしか思えない」

クレナを吸血鬼領に縛り付けることで、最も得をするのは帝国軍だ。彼らの本拠地はこの領土のすぐ傍にあるため、いつでもクレナを襲うことができるし、また血液検査などといった適当な嘘で、クレナの血も盗みやすい。

ギルフォードさんは、帝国軍が得をするように行動したのだ。

つまり――。

「ギルフォードさんは、帝国軍と繋がっている」

結論を呟く。

誰も否定しない。アイナも、ファナも……。二人とも同じ考えを持っているようだ。

「どうする？」

　アイナが短く訊いた。

　黒幕と思しき人物は発覚した。仮に俺たちの推理が的外れだとしても――クレナが結婚に乗り気でないことだけは間違いない。なら、俺たちのやるべきことは簡単だ。

「クレナを助ける。……俺たちは今、クレナの護衛だ」

　アイナとファナが頷いた。

　その時、ドアがノックされる。

　部屋に入ってきたのは、クレナを守る初老の男性、エバンスさんだった。

「失礼いたします。……突然のことで申し訳御座いませんが、ケイル様とアイナ様には即刻、この吸血鬼領を立ち去っていただくことになりました」

　その言葉に、同じヴァリエンス家の従者であるファナが反応する。

「どういうことですか？　この二人は、ギルフォード様から許可を貰って吸血鬼領にいます。それを無断で追い出すことは、ギルフォード様に恥をかかせる行為に――」

「その、ギルフォード様からのお達しです」

　エバンスさんが言う。

「先程、使いの方から連絡がありました。明日、クレナお嬢様とギルフォード様が、式を挙げるとのことです」

その一言に、俺は目を見開いた。

(先手を打たれた……！)

ギルフォードさんは、本気でクレナをこの地に縛り付ける気だ。そのために外堀を埋めようとしている。

「吸血鬼領の仕来りで、冠婚葬祭の際は、領内に他の種族を入れない決まりになっております。……馬車の手配はいたしますので、どうかご協力を」

エバンスさんは小さく頭を下げたが、悪びれた様子はない。その目は俺とアイナを厄介者としか見ていなかった。

「……帰る前に、クレナに会わせてください」

「なりません。クレナ様は明日の準備で忙しいとのことです」

「どうしても話したいことがあるんです」

はっきりと、エバンスさんの目を見て告げる。

しかし――。

「なりません」

エバンスさんは頑なに拒否した。

「話にならない」

アイナがそう言って、強引に部屋を出ようとした。

その時。ドアの向こうから、更に二人の——甲冑を纏った男たちが現われる。

「ギルフォード様からは、こうもお達しがありました。——何か勘違いした客人が暴れ回るかもしれないから、止めてもらいたいと」

騎士のような格好をした二人の男に、アイナが膝を軽く曲げ、構えた。

「好都合。……無駄な会話を重ねるより、手っ取り早いわ」

「野蛮ですな。これだから獣人は」

エバンスさんは溜息を零し、それから両脇に立つ男へ命じる。

「あの二人を捕らえなさい」

二人の男が一斉に襲い掛かった。

アイナが右の男を蹴り、部屋の外へと吹き飛ばす。

俺もすかさずナイフで手の甲を切り、《血閃鎌》で男を壁まで吹き飛ばした。

「……ここで争っては、エルネーゼ様の迷惑ですね」

エバンスさんがベッドで眠るエルネーゼさんを一瞥して、部屋を出る。

「俺たちも外に出よう！」

ファナ、アイナと共に、エバンスさんを追うように部屋を出た。

一階の正面に辿り着いた直後、俺たちは足を止める。

屋敷の出入り口は閉じられていた。その周囲に、甲冑を纏った男たちが並んでいる。

「ヴァリエンス家に仕える護衛、総勢三十名。この全てでお相手いたしましょう」

エバンスさんが言う。

見れば背後や二階にも、護衛の姿がある。完全に囲まれた。

「捕らえなさい。奴らはクレナお嬢様とギルフォード様に仇なす狼藉者です」

前後左右から護衛たちが襲い掛かった。

アイナが一人目の護衛を足払いし、体勢を崩したところで蹴り飛ばす。その間に俺は他の護衛を『血舞踏』で対処した。

その時、二階にいた護衛が血の斬撃を放つ。

それを――ファナが、同じ血の斬撃で防いだ。

「……ファナ。ヴァリエンス家を裏切る気ですか？」

エバンスさんがファナを睨む。

しかし、ファナは目を逸らすことなく答えた。

「……私が仕えているのはクレナ様です。ヴァリエンス家ではありません」

「屁理屈を――」

「屁理屈ではありません！」

ファナが叫ぶ。

「私は、クレナ様の意思をお守りするために、戦います。私は、ヴァリエンス家の従者ではなく――クレナ様の味方です！」

ファナの返答に、エバンスさんは舌打ちした。

「ファナ＝アルクネシアも捕らえろッ！」

護衛たちが襲い掛かる。今度はファナも標的にされていた。

「二階にいる護衛は私が対処します。ケイルさんとアイナさんは、一階の方を！」

「ああ！」

「わかった」

ファナの言葉に従い、俺はアイナと共に一階の護衛を処理する。

「《血戦斧》ッ!!」

銀甲冑を纏う護衛たちを、巨大な斧で一掃する。

けたたましい音と共に、三人の護衛が壁際まで吹き飛ばされた。

「な、なんだ、こいつ⁉　眷属のくせに『血舞踏』を――っ⁉」

「くっ、人間風情がッ!!」

護衛たちは全員、吸血鬼だ。中には『血舞踏』を使う者もいる。

ひとり一人がそれなりに強い。そんな相手が、次々と目の前に現われる。

「巫山戯るな……」

戦いながら、沸々と怒りの感情が猛った。

この護衛たちは知っている筈だ。クレナが無断で吸血鬼領を飛び出たことを。——それだけ、彼女が束縛を嫌っていたことを。

「お前ら、クレナの従者なんだろ！　あいつが本気で、この結婚を望んでいると思うのか!?」

「勿論です」

エバンスさんが言った。

「いつか、この日が来るとは思っていました。ギルフォード様は、昔からクレナお嬢様のことをよく可愛がっておられましたから。……ギルフォード様はとても聡明で、人情に厚く、この吸血鬼領を常に正しく導いている御方です。あの御方と結ばれるというのであれば、お嬢様も必ず幸せになるでしょう」

護衛たちに守られながら、エバンスさんが言う。

「エルネーゼ様も、きっと賛成する筈です」

そう言って、エバンスさんは俺から距離を取った。

入れ替わるように他の護衛たちが襲い掛かってくる。

「くそッ!!」

素人ならともかく、訓練を積んだ三十人が相手だ。三人だけでは勝ち目がない。

加えて――俺自身の不調もある。

（『血舞踏』の威力が落ちてる。……クレナの血が、弱まってるんだ）

眷属化が解けかかっている。俺の身体は少しずつ人間へと戻っていた。

やがて、疲労困憊となった俺たちは、護衛たちに包囲された。

「勝負ありましたね」

エバンスさんがこちらを見下すように笑う。

「どけよ……」

この場にいる護衛たちを睨む。

俺はいつの日か、クレナと話したことを思い出した。

（あいつに、感謝しているんだ）

クレナは俺を、灰色の日々から連れ出してくれた。

彼女と出会ったおかげで、俺は今までとは違う日々を歩めている。

（まだ、何も返せていないんだ）

恩を返したい。

窮屈な日々を抜け出したいと言っていたクレナの、力になってやりたい。

（だから――）

こんなところで、立ち止まるわけにはいかない。


「――『どけ』ッ!!」


燃え滾る感情を乗せて、激しく叫んだ。

直後――護衛たちが、一斉に跪いた。

「な――っ!?」

エバンスさんが驚きの声を発す。

見ればエバンスさんは、突然膝を折り、俺の方へと跪いていた。

他の護衛たちも突然のことに狼狽している。

「な、なんだこれは!?」

「身体が、勝手に……⁉」

ヴァリエンス家の護衛が、全員、俺に跪いていた。

「これ、は……？」

振り返ると、護衛だけでなくファナも跪いている。

「ファナ。なんで、跪いて……」

「わ、分かりません。ですが、ケ、ケイルさんが叫んだ瞬間、こうしなくちゃいけないような気がして……」

ファナも、俺も困惑している。

何だ？　何が起きた？

アイナは無事だ。この場で、俺とアイナだけが平然としている。

その時。扉の開く音がした。

「なんとか、間に合いましたね……」

扉の向こうから、今にも倒れそうな様子のエルネーゼさんが現れた。

「エ、エルネーゼ様⁉」

エバンスさんが驚愕する。

しかしエルネーゼさんは、汗を浮かべながらも毅然とした様で告げた。

「彼を、行かせなさい」

「し、しかし」

「事情は全て、聞こえていました。ケイルさん……貴方の判断は正しい。長い間、外の世界に憧れていたあの子が、こんな唐突に全てを諦める筈がありません。それに……部屋で縛られていた従者からも話を聞きました。私の身体には、毒が盛られているようですね」

エルネーゼさんの言葉に、護衛たちが目を見開いた。

俺は、無言で首肯する。

「帝国の件も含め、ギルフォード様が一枚噛んでいるのでしょう。あの方が黒幕だと考えれば、全ての辻褄が合います」

そう言って、エルネーゼさんはアイナの方を見た。

「アイナさん。私の毒は、血液で感染しますか？」

「しません」

「なら、問題ないわね」

エルネーゼさんが俺の傍までやって来る。

「ケイルさん。貴方、眷属化が解けかかっていますね」

何故、分かったのだろうか。

疑問を抱くが、正直に頷いた。

「私の血で一時的に補強しましょう。ですが、恐らく貴方の器には――クレナの血が、最も相応しい。私にできるのは、あくまで応急処置です。できることなら、ギルフォード様と戦う前に、クレナから血を受け取りなさい」

そう言って、エルネーゼさんは俺の首筋に歯を立てた。

(ぐっ――!?)

吸血鬼の血が流れてくる。

身体中が熱い。いつもと同じ――いや、いつも以上に力が湧いてくる。

もしかして俺は、眷属化する度に身体が吸血鬼に適応していたのだろうか。

多分……俺はまた強くなった。

「ああ、そんな……この格の高さは……」

「馬鹿な、有り得ない。これではまるで……」

護衛たちは俺を見て恐怖していた。

エルネーゼさんが血の注入を終え、ゆっくりと俺から離れる。

「ここから先は、貴方一人で行きなさい」

エルネーゼさんの言葉に、俺は目を丸くした。

「貴方が去れば、彼らの拘束も解かれます。故に、ここに残って彼らに対処する者が必要です」

「……分かりました」

アイナとファナにも目配せする。

二人とも頷いた。ここから先は俺一人で動くことになる。

「ケイルさん。娘を、頼みます」

エルネーゼさんが真剣な顔で言う。

俺は、その眼差しに真っ直ぐ応えた。

「はい」

◆

屋敷を出ると、すぐに見知った男と遭遇した。

「……また、お前か」

「そう言うなよ。俺だって、好きでやってるわけじゃねぇんだからよ」

屋根の上に座っている、悪魔の男が言った。

ギルフォードさんは……いや、ギルフォードは最早、自身と帝国との繋がりを隠そうとしていない。だから、この男を堂々と吸血鬼領に招き入れ、そして今、俺のもとに差し向けている。

男が屋根から飛び降り、目の前で着地した。

黄金の瞳が俺を睨む。

「成る程、また格が上がってんな。……ちっ、化物が」

悪態をつく男のもとへ、五人の刺客が現れた。全員、背丈も格好も、種族もバラバラだ。人間に、悪魔に、エルフに、獣人。帝国軍の狗と見ていいだろう。

「やれ」

男が命じると同時、五人が動いた。

獣人が素早く肉薄する。その背後で、耳長の男――エルフが、頭上に大きな氷塊を生み出した。

五対一。しかも相手は軍の狗だ。実戦経験はヴァリエンス家の護衛よりも積んでいる。

しかし、そんな厄介な者たちを相手にしても、今の俺には余裕があった。

「『血舞踏』――」

獣人の猛攻を《血短剣》で凌ぎながら、もう一つの『血舞踏』を発動してみせる。

「――《血旋嵐》」

巨大な旋風が三つ、顕現した。

「なっ⁉」

「く、でかい⁉」

五人の刺客は、あっという間に真紅の旋風によって切り裂かれた。

「……後はお前だけだ」

悪魔の男に告げる。

「そうだな。んじゃ、撤退するわ」

「は？」

男はケラケラと笑った。

「感謝するぜ。お前がこいつらをぶっ飛ばしてくれたから、堂々とトンズラできる」

「……お前の役割は、俺を止めることじゃないのか」

「お前と違って、俺ぁ眷属じゃねえ、ただの雇われの身なんでな。風向きが悪くなれば逃げるに決まってんだろ」

そう言って男は踵を返した。

「あばよ。できればもう二度と会いたくねぇぜ」

最後にそう告げて、男が消える。

拍子抜けした気分だが――助かった。あの男は厄介だ。相手にしなくても済むなら、それに越したことはない。

しかし……なんとなく、あの男とはまた何処かで会うような気がした。

倒れた五人の間を駆け抜け、ギルフォードの屋敷へと向かう。

その道中、何度も襲撃を受けた。

「いたぞ！」

「奴を止めろぉぉ!!」

ギルフォードの屋敷に辿り着くと、甲冑を纏った男たちが立ち塞がった。

ギルフォードの護衛だろうか。いずれにせよ倒すしかない。

「邪魔だッ!!」

真紅の鎌を放ち、護衛たちを倒していく。

晩餐会で使用した大部屋を突き抜け、更に奥の扉を抜けると――教会のような場所に出た。

「いい場所だろう？」

男の声が響く。

「ここは吸血鬼領で唯一、太陽と月の光が届く場所だ。特に夜がお気に入りでね。ステンドグラスから射し込む月明かりを見ていると、心が落ち着くんだ」

月明かりが射し込むステンドグラスの傍に、その男はいた。

長い金髪。白い肌。優男のような顔をしているが、無駄な肉付きがない偉丈夫でもある。

タキシード姿の男を、俺は怒気を込めて睨んだ。

「ギルフォード……っ！」

「おや、敬称は止めたのかい。嫌われたものだな」

ギルフォードが笑う。

その傍には、花嫁衣装と思しき白いドレスを纏ったクレナがいた。

「今、丁度、式のリハーサルを行っていたところでね。どうだい？　クレナも随分と美しくなっただろう」

ギルフォードが楽しそうに言う。

「ケイル、君……」

クレナが俺の名を呟いた。

晩餐会の時と同じ――酷く落ち込んだ顔だ。

彼女をギルフォードから離すべく、俺は口を開く。

「クレナ、よく聞いてくれ。エルネーゼさんは病気じゃない。毒を盛られていたんだ。……その犯人が、そこにいるギルフォードだ」

エルネーゼさんの件をはっきりと告げる。

しかし、クレナとギルフォードは、何も反応しなかった。

「だから、ど、ど、どうしたと言うんだ？」

「な――っ⁉」

何故、否定しない？

いや――何故、クレナは驚かない？

まるで全てを知っていて、その上で受け入れているかのようだ。

「さあ、クレナ。もう一度、君の言葉で説明してやりなさい」

ギルフォードの言葉に、クレナが小さく首を縦に振る。

「ケイル君。私は……ギルフォード様と結婚する」

か細い声で告げるクレナ。

その様子に、俺は悟った。

「お前――クレナに何をした」

ギルフォードを睨む。

しかし、ギルフォードは楽しそうに笑むだけで、答えはしなかった。

「クレナ。どうも彼は聞き分けが悪いらしい。——どうすればいいか、分かるね？」

「……はい、ギルフォード様」

クレナが頷く。

直後——クレナが羽を広げ、一気に俺へと接近してきた。

「クレナッ⁉」

驚愕する俺の目の前で、クレナが真紅の短剣を握った。

マズい——攻撃される。

「ちっ‼」

クレナが振るう短剣を避けながら、俺は《血堅盾》を展開した。

短剣を盾で弾く。するとクレナは赤い斬撃を飛ばしてきた。

「クレナ、よせ！」

呼びかけてもクレナは攻撃の手を休めない。

やむを得ず、俺はクレナへと肉薄した。クレナが再び《血短剣》を握るが、その腕を
素早く叩き落とす。

「——《血堅盾》ッ！」

体勢を崩したクレナを床に倒し、紅の盾で押さえつけた。

クレナは苦しそうに呻くが、彼女の腕力では俺の腕力に勝てない。

「クレナ、止めてくれ。……お前を、傷つけたくない」

クレナに言う。

すると、遠くで俺たちの様子を眺めていたギルフォードが吹き出した。

「傷つける？　……どうやら君は、現実が見えていないようだね」

ギルフォードがククク と笑い声を漏らす。

直後――クレナから、得体の知れない圧力が放たれた。

「『血舞踏』……」

クレナが何かを呟く。

（やばい――っ!!）

脳内の警鐘が激しく鳴っていた。

慌ててクレナから離れる。

刹那――。

「――《血鮮処華》」

クレナの全身から、真紅の刃が生えた。

まるで目の前に、真っ赤な華が咲いたかのような光景だった。刃とも爪とも牙とも捉えられる、鋭利なそれは、さながらクレナを中心とした花弁の如く咲き誇る。

立ち上がったクレナは、白いドレスの上から、真っ赤な刃のドレスを纏っていた。

十中八九、『血舞踏』の中でも高度な類いだ。

(くそっ……自分では格を感じられないから、すっかり忘れていた……)

頬を垂れる冷や汗を拭いながら、俺は現状を再認識した。

(王族かつ純血のクレナは――かなり、格が高い)

当然、手強い。

クレナ本人も言っていたではないか。自分はそこらの吸血鬼よりも強いと。――どうやらそれは真実だったらしい。

「……護衛、いらないだろ」

思わずそんな悪態を吐いてしまうくらいには、現実逃避したかった。

クレナが接近する。距離を置こうと思ったが、突然全身に悪寒が走り、慌てて血の盾を展開した。次の瞬間、盾がクレナの伸ばした爪によって貫かれている。

今のクレナは全身が凶器だ。

迂闊に近づけない。距離を詰められると危険だ。

クレナが赤い衣(ころも)を纏った羽を広げると、そこから真紅の刃が無数に放たれた。

「《血堅盾(ブラッディ・シールド)》ッ！」

盾で刃の嵐を防ぐ。

しかし盾はすぐにひび割れた。これでは耐(た)えきれない。

「――《血守護陣(ブラッディ・アイギス)》ッ‼」

複数の盾を展開し、それを自在に操(あやつ)れる『血舞踏(ブラッディ・アーツ)』を発動する。

俺は盾を全(すべ)て目の前に展開し、刃の嵐をどうにか凌いだ。

「クレナ、頼む！　目を覚ましてくれ！」

俺は叫んだ。

戦いは想定していた以上に苛烈(かれつ)になった。このままでは俺も――クレナも、無事では済まない。だから叫ぶ。この戦いは続けてはならない。

「自信家だな」

そんな俺に対し、ギルフォードが言う。

「クレナがこれだけ拒(こば)んでいるというのに、君はそれでも頑なに説得を試みる。しかし……彼女が今、正気ではないという証拠(しょうこ)はどこにある？　彼女が本心から君を拒絶(きょぜつ)しているとは思わないのか？　君は一体、何を信じている？」

ギルフォードの問いに、俺は荒々しい息を吐きながら答えた。

「俺が信じているのは……クレナ自身だ」

そう告げて、クレナを真っ直ぐ見据える。

「なあ、クレナ。お前、言ってたよな。早く明日が来て欲しいと思ったのは、久しぶりだって。……吸血鬼領を出て、学園に通うことができて、良かったたって言ってたよな？　体育祭とか文化祭とか、修学旅行とか武闘祭とか……全部、楽しみだって言ってたよな!?」

クレナが、ピクリと反応したような気がした。

「あんなに楽しそうに……あんなに、幸せそうに話していたんだ。それが全部、嘘だというのか？　――――そんな筈ないだろ！」

思いの丈をのせて告げる。

クレナの足が止まった。

「目を覚ませ！　お前は何のために吸血鬼領を抜け出したんだ！　折角、掴みかけていたものを、こんなところで捨てる気か！　――ここで全てを諦めてもいいのか!?」

月明かりが照らす教会に、俺の声が強く響いた。

「ケ、イル、君……」

クレナが小さな声を発する。

その瞳から――涙が、零れていた。

「……たす、けて」

消え入りそうな、小さな声だった。

それでも――彼女は確かに、助けを求めた。

直後、クレナの身体が硬直する。

見ればその背後で、ギルフォードが忌々しげに顔を歪ませながら、クレナに向かって手を伸ばしていた。

「まさか、一瞬とは言え私の力を破るとはな」

ギルフォードが呟く。

「やっぱり、クレナは、お前が操っていたんだな……ッ！」

「ふはっ、ふはははははっ!! 馬鹿め！ 気づいたところで貴様にはどうしようもないッ！ 私の『血舞踏』――《血骨傀儡》の本懐は、洗脳ではなく隷属だ！ たとえ意識が戻ろうと、クレナの身体に私の血が流れている限り、私の命令からは逃れられない!!」

ギルフォードの語った内容を聞いて、俺は一瞬、怒りを押し殺した。

「隷属……それじゃあ、まるで……」

「気づいたか。ああ、そうさ。私の力は、人間だけではない――全ての種族に通用する眷属化だ。当然、同族すら眷属に変えることができる」

下卑た笑みを浮かべてギルフォードが言う。

瞬間。クレナが再び迫った。

「くっ⁉」

クレナが真紅の刃で斬りかかってくる。

どれだけ盾で防いでもきりがない。しかし離れると、今度は無数の斬撃が放たれる。

「私はこの力で、もう一度、種族戦争をやり直す！」

ギルフォードが叫ぶ。

「今でも昨日のように思い出せる、あの地獄のような光景！　悍ましく、忌々しいあの戦いを生き抜いた私が我慢ならんのはなァ――決着がつかなかったことだ！

あの戦いに決着がつかなかったのは、どの種族も戦争に徹し切れていなかったからだ！

人間も、亜人も、『戦争を止め、互いに手を取り合うべきだ』という内部からの声に、足を引っ張られてしまった！　その末にあるのが今の世だ！」

それは、そうかもしれない。

だが、それの何が悪い。平和を求める者たちの声が、間違いとでも言うのだろうか。

「愚(おろ)かだ！　戦争は理由があるから起きる！　勝者を作らないまま放置したところで、所詮(しょせん)は仮初(かりそ)めの平和にしかならない！」

ギルフォードの意思に、俺も思わず口を開いた。

「だから、帝国と手を組んだのか？」

「そうだ……軍資金が欲しかったのでな。幸い、帝国軍人の中には、私に賛同する者も多かった。彼らも再び戦争が起きることを確信していた。だから私は、特種兵装の開発に協力する代わりに、莫大(ばくだい)な軍資金を手に入れることにしたのだ。……下等な人間にしては役に立った連中だ。……奴らが言うには、クレナの血は格が高い上に、不純物が少ないから兵器化に向いているらしい。過去、私は百近いサンプルを奴らに提供したが、クレナの血が最も高く売れた。つまり私にとってクレナは――金のなる木だ」

そんな――そんな哀(あわ)れな話、あるだろうか。

クレナは今まで、無自覚に戦争の道具として利用されていたのだ。帝国にとっては兵器。ギルフォードにとっては金。どちらもクレナを利用しているに過ぎない。

「地盤(じばん)は整った。後は私の《血骨傀儡(ブラッディ・ドール)》を使えば、今度こそ吸血鬼(きゅうけつき)は一丸となって戦争に臨(のぞ)める！　――次の戦争で勝つのは我々吸血鬼だ！　我々こそが、この世界を支配するに相応しい！」

大きな声でギルフォードが言う。

この男を、許してはならない。

この男はクレナから尊厳を奪おうとしている。

その時。クレナが一気に距離を詰めてきた。

強引な接近に、対処が遅れ、懐に潜り込まれてしまう。

「クレナ！　その男に血を注げッ！」

ギルフォードが言った。

「その男を眷属化した時と同じように、もう一度、お前の血を注げ！　そうすれば、お前の体内に流れる私の血も、その男の中に注がれる！　《血骨傀儡》の効果は、ただの眷属化ではない！　感染するのだ！　私の奴隷はねずみ算式に増え続ける！」

ギルフォードは、クレナの血を経由して、今度は俺の身体まで操るつもりだ。

「ケ、イル、君……」

ギルフォードの命令に逆らえず、俺を両手で拘束するクレナが悲しそうな声を漏らした。

涙を流すその表情を見て、俺はできるだけ優しく微笑んでみせる。

「大丈夫だ」

クレナの頬を掌で撫でながら、俺は言う。

「クレナ。俺を信じてくれ。俺は――お前だけの眷属だ」

はっきりと告げる。

するとクレナは、何かを決心したかのように、ゆっくりと俺の首筋に顔を近づけた。

「主として、我が、眷属に、命令する……」

クレナが言う。

「……『ギルフォード様を、止めて』」

そう言ってクレナは――俺の首筋に、歯を立てた。

クレナの血が、俺の身体に注がれる。

全身が熱を帯びる中、俺は答えた。

「その命令――確かに受け取った」

◆

首筋から、クレナの血が注がれた。

赤くて、熱くて、純粋で、高潔な力の源が――ゆっくりと全身を巡る。

それを異物だと感じることはなかった。寧ろ、欠落しているものが漸く満たされたような気分だった。血が巡る。肉体が熱を帯びる。仄かな高揚感が緊張を解し、視界がぶわりと広がった。

「ははははッ！　威勢の良い餓鬼め！　血を注がれたな⁉　なら貴様はこれで――私の奴隷だッ！」

ギルフォードが高笑いして叫ぶ。

その様は、酷く滑稽に見えた。

「――《血骨傀儡》ッ‼」

ギルフォードが唱えた直後、全身の内側に、得体の知れない力が広がった。

まるで身体中の血と骨が、俺の意思に反旗を翻したようだった。逆らえば血管は破裂し、骨は砕ける。そんな嫌な未来が思い浮かぶ。

――くだらない。

この程度なのか？

王弟ギルフォードの力は、こんな矮小なものだったのか？

馬鹿みたいな全能感が頭を占めていた。

それは気のせいではなく、本当に今の自分なら何でもできるのだという直感があった。

「どうした？　恐怖のあまり声も出ないか？　しかし申し訳ないが、私としても人間如きの奴隷は不要でね。――――命令する。『ここで自害しろ』」

ギルフォードが命じると同時に、体内に混じったギルフォードの血が蠢いた。

だが、無意味だ。ギルフォードの血は、俺自身の血より格が低い。

「……お前だけは、許さない」

「な――っ!?」

命令に応じることなく告げる俺に、ギルフォードは目を見開いた。

意識を失ったクレナを、ゆっくりと床に寝かせる。

そして、改めてギルフォードを睨んだ。

「ば、馬鹿な!? 何故、私の命令に背ける!? 《血骨傀儡》はちゃんと発動している筈だッ！」

焦燥に駆られたギルフォードは、もう一度、大きく口を開いた。

「命令する！ 『死ね』！ 『今すぐに死ね』ッ！」

ギルフォードの口から命令が放たれる。

しかし意味はない。ただ鬱陶しいだけだ。

「――『黙れ』」

「ッ!?」

今度は俺の方から命令した。

ギルフォードは途端に声をなくし、信じられないものを見るような目で、俺を見ていた。その口が開くことはない。彼は今、一言も声を発せない状態だ。

「命令を受けた気分はどうだ？」

後退るギルフォードへ、ゆっくりと近づきながら言う。

「立場が逆転したな。俺は今、お前を意のままに操れる」

ギルフォードの顔が青褪めた。

自分でも理解しているのだろう。今、ギルフォードの命は、俺の掌の上にあることを。

「人を操って楽しかったか？　支配者にでもなった気分か？　──悪いが、その気持ちはわからない。何故なら俺は今、全く楽しくない」

こんなことをしても、ただ虚しいだけだ。

目を見開くギルフォードに、俺は小さく命令する。

「『話せ』」

そう告げると、ギルフォードが「こひゅっ」と、言葉にならない悲鳴を漏らした。

「あ、あぁ……………ば、馬鹿、な……な、なんだ、貴様……そ、その格は…………」

話すことを許可した途端、ギルフォードは恐怖に染まった顔で、呟いた。

「あぁ、あああぁあああっ⁉　有り得ない……有り得ないッ！　なんだその、巫山戯た格はあッ⁉」

先程までは強敵だと感じていた筈のギルフォードが、今は取るに足らない小者にしか見えなかった。

どこか窮屈な感覚だった。吸血鬼の力が、肉体の枠を超えて暴れ回ろうとしている。

服が破れ、俺の背中から一対の羽が広がった。

開放感が訪れる。その大きくて、どこか禍々しい羽を見て、ギルフォードは激しく焦った。

「く、くそぉ――――ッッ!!!」

狂乱したギルフォードが、無数の血の刃を放った。

一つ一つが巨大な斬撃だった。クレナも十分強かったが、この男はそれ以上の格を宿しているのだろう。伊達に王の弟――王弟ではない。

だが――まるで脅威には感じない。

理解した。何故、自分が他の亜人の格を感じ取れないのか。

――路傍の石を、見比べるようなものだ。

全て、取るに足らないのだ。

この男の格も、クレナの格も、アイナやファナの格も、どれも大して変わらない。

取るに足らない些細（ささい）なものだ。それ故に、感じ取れない。

「『血舞踏（ブラッディ・アーツ）』――」

今ならば意識を失うこともないだろう。

この技（わざ）に、力が追いついた。

使える筈だ。この『血舞踏（ブラッディ・アーツ）』を。

「――《血界王（ブラッディ・キング）》」

その力を発動した瞬間、ギルフォードの放った血の斬撃が、ピタリと宙で静止した。

斬撃だけではない。飛び散る血飛沫（ちしぶき）や、垂れ落ちる血の一滴一滴までもが停止する。

「そ、そんな……その技を使えるのは、吸血鬼の中でも、ただ一人の筈……ッ!?」

ギルフォードが、目に見えて狼狽した。

どうやらあの男は、この技を知っているらしい。

吸血鬼の種族特性は、血を操ることだ。

ではその血は、自身の肉体で生成された血でなくてはいけないのか。

答えは――否（いな）。

何故なら吸血鬼は、文字通り、他者の血を吸血することで生きている。

つまり吸血鬼には、他者の血を、自身の血に変換（へんかん）する力が備わっているのだ。

その力の極致（きょくち）こそが――――《血界王（ブラッディ・キング）》。

「今、世界中の血が、俺のモノになった」

絶望した様子で後退るギルフォードに、俺は言う。

「お前が何をしようと、もう意味はない」

静止していた血が、俺の意思に応じてメキメキと音を立て、形状を変える。

それらはより大きな血の鎌（かま）となって、一斉（いっせい）にギルフォードへと放たれた。

「うわあああああ⁉　化物！　化物ォッ⁉」

ギルフォードが叫（さけ）びながら『血舞踏（ブラッディ・アーツ）』を繰（く）り出す。

だが、その血も今となっては俺のものだ。

ギルフォードが《血守護陣（ブラッディ・アイギス）》を発動した。展開された十枚の盾は、次の瞬間、巨大な斧（おの）となってギルフォード自身に襲（おそ）い掛（か）かる。

ギルフォードが《血閃斬牢（ブラッディ・メイデン）》を発動した。頭上に渦巻（うずま）く血の嵐は、次の瞬間（しゅんかん）、無数の刃と化してギルフォード自身へと降り注いだ。

「何故だッ！　何故貴様が、人間風情（ふぜい）が、それほどの格をッ⁉　その力！　その格！　その『血舞踏（ブラッディ・アーツ）』ッ！　――――まるで、王ではないかッ‼」

斧と刃に切り裂かれ、ギルフォードの全身から血が噴き出した。

直後、その飛び散った血が無数の鎌と化して、ギルフォードに襲い掛かる。

「ぐぎゃあッ!!」

ギルフォードが悲鳴を上げて、床に倒れた。

無様な醜態を晒す男へ、俺はゆっくりと歩いて近づく。

「そうだ……有り得ない。この私が、たかが眷属如きに後れを取るなど、有り得ない！　ふは、はははは！　あ、兄上……兄上、なんですよね？　貴方は兄上だ。だから、王の力が使えるんだ」

へたり込んだギルフォードは、俺に媚びるような目を向けた。

「あ、兄上ぇ……私です、貴方の弟、ギルフォードです。しょ、正気に戻ってください。きょ、兄弟で喧嘩などしたら、お、王父がお怒りになられますよ？」

まるで靴でも舐めそうなギルフォードの態度に、俺は冷静に口を開く。

「――『現実を認めろ』」

「あがッ!?」

命令を受け、思考を強制的に正されたギルフォードが悲鳴を漏らす。

「俺は、ケイル＝クレイニア」

「ち、違うぅ……貴方は、あ、兄上で……」

「クレナの友人で、今は吸血鬼の眷属だが――」

涙と鼻水でぐちゃぐちゃの顔となったギルフォードに、はっきりと告げた。

「――正真正銘の、人間だ」

その一言を聞いて、何かが壊れたのか。

ギルフォードは血の涙を垂らして叫びだした。

「あぁあああぁぁぁあああぁあぁぁぁあ――ッッ!!」

恐怖を忘れて襲い掛かってくるギルフォードに、俺は短く命じる。

「『死ね』」

ギルフォードの全身から、血飛沫が舞った。

エピローグ

事態は意外にも円滑に収束した。

今回の一件は当事者が限られている。

数こそ多いが、問題の渦中にいたのは、ほぼ全員がヴァリエンス家の従者およびギルフォードの部下たちだ。例外は領外から来た俺とアイナの二人のみである。

ヴァリエンス家の従者やギルフォードの部下からすれば、俺たちの行ったことは領主への凶行である。また、ギルフォードは領民に、クレナと式を挙げることを広く通達していたため、式の中止は多くの混乱を招くと思われた。

しかし、混乱は少なかった。

理由は簡単。他ならぬギルフォード自身が、事態の収束に尽力したからである。

「……平和ですね」

ギルフォードを倒してから、二日が経過した。

時刻は午後二時。エルネーゼさんが、部屋の窓から昼下がりの外を眺めて呟いた。

丁度、先程、エルネーゼさんはアイナが用意した解毒薬を飲んだ。

これほど早く解毒薬が手に入ったのはアイナのおかげだ。彼女は俺がギルフォードを倒した後、すぐに吸血鬼領を飛び出て解毒薬の入手に努めたらしい。

エルネーゼさんは今もヴァリエンス家の邸宅で安静にしている。ただ、その表情は心なしか以前よりも健康そうだった。解毒薬が早々に効果を発揮したのか。それとも――大きな悩みが取り払われたのか。いずれにせよ、エルネーゼさんは快方に向かっている。

「一昨日の争いが、嘘のようです」

「……そうですね。ギルフォードさんが、騒ぎをいち早く鎮めてくれましたから」

そう答えると、エルネーゼさんは真紅の瞳で俺を見た。

「貴方はギルフォード様に、死ねと命じたのではないのですか？」

エルネーゼさんの問いに、俺は頷いた。

「そうしました。結果、確かに今までのギルフォードは死にました」

今までの？　とエルネーゼさんは首を傾げた。

「記憶を消したんです」

「記憶を……？」

「はい。種族戦争に関する記憶だけを、消しておきました」

ギルフォードに「死ね」と命じた後、俺はすぐに事後処理に取りかかった。

あのままだと俺たちは吸血鬼領における大罪人だ。事件の真相を語ったところで、外部の人間である俺の話を、領民たちが信じることはない。

そこで――ギルフォードを使うことにした。

丁度ギルフォードが使っていた『血舞踏』がヒントになったのだ。俺は《血骨傀儡》を模倣し、それによってギルフォードの自然治癒力を強制的に向上させた。手応えからして多少ギルフォードの寿命が縮んだような気がするが、文句を言われる筋合いはない。

蘇ったギルフォードに対し、今度は種族戦争に関する記憶を抹消するよう命令した。うまくいくかは分からなかったが、無事、成功したらしい。

俺がクレナの血に眠る記憶から『血舞踏』を自在に使えたように、もしかすると吸血鬼の記憶は、脳だけでなく血にも宿っているのかもしれない。なら、吸血鬼の血を操るという行為は、記憶を操るという行為に等しいことになる。

種族戦争の記憶を失ったギルフォードは――驚くほど温厚な性格をしていた。

ギルフォードは、酒宴の席で悪酔いし、その勢いでクレナとの式を挙げると宣言したことになっている。我ながら適当な記憶の改竄だったが、ギルフォードは真っ青な顔をして領民のひとり一人に謝罪をして回った。

斯くして事態は収束した。

ギルフォードの部下や、ヴァリエンス家の従者たちは些か不審がっていたものの、誠実に謝罪を続けるギルフォードと、そこに加えたエルネーゼさんの説得により、やがて大人しく引き下がることとなった。

温厚で誠実になったギルフォードを見ていると、少しばかり思うところもある。

もしかすると、あの男も被害者なのではないだろうか。

戦争によって心が歪んだ、哀れな――。

「貴方が同情する必要はありません」

エルネーゼさんが言った。

「貴方は最上の結果を出しました。ギルフォード様は今度こそ、一点の曇りもない良政に努めるでしょう。……重ね重ね、感謝いたします」

「……いえ」

これは吸血鬼領ではなく、俺自身のためにしたことだ。

エルネーゼさんの礼を、遠慮がちに受け止める。

「ところで、娘とはその後、どうですか？」

「はい？」

少し言い回しに不自然さを感じたが、要はクレナの状況を知りたいのだろう。

俺はなるべくエルネーゼさんを安心させるべく、微笑を浮かべて答えた。

「クレナは元気ですよ。昨日までは落ち込んでいましたが、ファナや他の従者たちに慰められているうちに、すっかり元の調子に――」

「そうではなくて」

エルネーゼさんが言う。

「もう肉体関係は結びましたか？」

「に――っ⁉」

突然の発言に、俺は咽せた。

そんな俺の様子を見て、エルネーゼさんは溜息を零す。

「まだですか。……はぁ、駄目ですねあの子は。あれだけ早く既成事実を作るようにと言っておいたのに」

「い、いや、その、俺とクレナは、そういう関係じゃあ……」

エルネーゼさんの誤解を解こうとした、その時。

ドアの向こうから、クレナがやって来る。

「ママ！　くだもの沢山貰ってきたよ！」

クレナが満面の笑みを浮かべて言った。

彼女は大きな籠の中に、一杯のフルーツを入れて持ってきた。

律儀に部屋のドアを閉めたクレナは、その後、俺の存在に気づく。

「あ、ケ、ケイル君……」

クレナは俺を見るなり、頬を赤く染め、そっと視線を逸らした。

気まずい。だが、仕方ない。一昨日の出来事は今でも鮮明に覚えている。

クレナの洗脳を解くためとは言え、俺は随分と本音を吐露してしまった。俺はクレナのことをどんな風に思っていたのか、包み隠さず本人に伝えてしまったのだ。流石に恥ずかしいというか、とにかく顔を合わせづらい。

「クレナ。純情なままではケイル君を射止められませんよ？」

「ママっ⁉」

エルネーゼさんの唐突な発言に、クレナが顔を真っ赤にして驚く。

「今時、純情なだけでは古いのです。さあ、もっとグイグイいきなさい。女の魅力を全開にするのです」

「ママ！　ママっ⁉　へ、変なこと言わないで！　ケケ、ケイル君も！　ご、誤解だからね！　ママの言ってること全部誤解だから！」

「何が誤解ですか。昨晩もずっと、ベッドの上でニヤニヤしながら『ケイル君』『ケイル君』と呟いていたくせに」

「ぎにゃあぁぁぁあぁあぁあぁぁあ!!」

クレナが悲鳴を上げる。

俺は額に手をやり、天井を仰ぎ見た。

俺は今、どんな顔をしたらいいのだろうか。

「なんで⁉　なんで知ってるの⁉」

「様子を見に行っただけです。あんなことがあったから、少しは落ち込んでいるかと思ったのですが……全然、心配いりませんでしたね。ああでも、枕にキスするのはもうやめなさい。シーツが唾液だらけで、今朝、メイドが困っていました」

「うわあああああああああ――っっ⁉」

クレナが半泣きになって部屋を飛び出た。

俺は彼女が残していった籠を持ち上げ、エルネーゼさんの傍に置く。

「どうですか？　可愛い子でしょう？」

エルネーゼさんが得意気に訊いたが、俺は無視した。

この後、クレナたちと一緒に吸血鬼領を観光する予定なのだが……どんな顔で会えばいいいのか分からない。

「……後で顔を合わせる俺の身にもなってください」

そう言うと、エルネーゼさんは他人事のように「ふふ」と笑った。

「あの子はああ見えて奥手ですから。早い内に行動して欲しいのですけれど……」

「その……お、俺たち、まだ学生なんですけど」

「関係ありません」

エルネーゼさんが、少しだけ真面目なトーンで言う。

「貴方も、自覚しているでしょう。自身の能力を」

その一言に俺は押し黙った。

エルネーゼさんの言う通り、いい加減、俺も自身の能力を自覚していた。

「貴方の力は──────【素質系・王】」

エルネーゼさんが言う。

「吸血鬼だけではない。貴方はあらゆる種族の王になる可能性を秘めている。……それ故に、これから貴方は様々な苦難に巻き込まれるでしょう。貴方のことを知った亜人は、すぐに貴方を自陣に引き込もうとする筈です」

「それは……流石に、大袈裟なんじゃ」

「大袈裟ではありません。私自身、この一件で確信いたしました。貴方は味方になるとこの上なく頼もしい存在ですが、敵に回すとあまりにも恐ろしい。味方にとっても敵にとっても切り札である貴方は、十中八九、世界が放っておかないでしょう」

エルネーゼさんの言葉を、俺は黙って聞いた。

「だ、か、ら。今のうちにクレナとの関係を進めて欲しいのです。貴方は男性ですから、遅かれ早かれ、各陣営が最上級のハニートラップを仕掛けてくるでしょう。そうなってからでは遅いというのに、全くあの子はいつまでたっても悠長な……」

ブツブツと不満を漏らすエルネーゼさんに、俺は苦笑した。

エルネーゼさんはこう言っているが、やはり俺としては――考えすぎだと思う。

どんな能力を持っていようが、所詮、俺はただの人間だ。

寧ろ、つい最近まで落ちこぼれと罵られていたような、見下されてきた人間である。

「ケイル。観光に行きましょう」

ドアを開け、アイナが俺に向かって言う。

「ああ」

俺はエルネーゼさんに一礼して、アイナと共に部屋を出た。

亜人たちが俺を奪い合う。……だとすると、アイナもまた俺のことを狙っているのだろうか？

（……馬鹿馬鹿しい。流石に、自意識過剰だ）

俺は、屋敷の外で待っているクレナとファナに、手を振った。

◆

――しかし。その馬鹿馬鹿しい予想は、的中していた。

「虎の子から連絡がありました」

獣人の里。またの名を獣人領。

その中枢にある木造の屋敷で、複数の獣人が言葉を交わしていた。

「件の人間、やはり王の素質を宿していたようです」

「おお、では遂に……」

「ええ」

獣人の女が、頷く。

「これより、王の代替わりを行います」

あとがき

初めましての方は初めまして。
お久しぶりの方は、再び私の本を手に取っていただきありがとうございます。
坂石遊作です。

気づけばデビューから一年が過ぎていました。いやぁ、びっくり……専業作家なのでわりと時間に余裕があるかと思いきや、なんだかんだ忙しかった気がします。時間が過ぎるのは思った以上に早かったです。

さて、本作「最弱無能が玉座へ至る」についてですが、ざっくりと内容をご説明しますと、主人公は人間社会だと落ちこぼれだったのに、亜人社会では最強だった！　というストーリーです。……流石にざっくりとしすぎですかね。とは言え、あらすじは裏表紙に載っているかと思いますので、こちらでは少し踏み込んだ話をします。

そもそも何故、私がこの作品を書いたのかと言うと……亜人が好きだからです！　当たり前ですね！　作家は皆、自分の好きなものを書いています！

厳密には「頭に何かついているキャラ」が非常に好きでして。それは角だったり、獣耳だったり、長い耳だったり、機械仕掛けの装飾だったり、大きなリボンだったり。とにかくシルエットが目立つならなんでもいいのです。なんでもよくて、なんでも書きたいから、そういうキャラを自在に出せる世界観を考えました。

どうしてこんな、分かりにくい趣味趣向があるのかは不明ですが……恐らく、独特なシルエットを持つキャラからは「ただ者じゃないオーラ」が出るからだと思います。一目で分かるただ者ではないキャラ。これが好きなのではないかと自己分析しています。

1巻のメインヒロインであるクレナは吸血鬼です。頭に独特なシルエットがあるわけではないですが、キュートな牙と派手な羽が大好きです。刀彼方先生、本当に素晴らしいキャラデザありがとうございます。髪にメッシュを入れるという発想が私にはなくて、デザインを見た時は感激いたしました。

先程の話に戻りますが、私は「一目で分かるただ者ではないキャラ」が好きなので、本作は主人公が、最終的にそうなるストーリーとなっています。

最初は落ちこぼれで、多くの人に見下されていた人間ケイルが、亜人の眷属になることで見た目も実力も変化していき……やがて誰もが一目見るだけで「こいつはただ者じゃない」と思うような人物へと進化していきます。

一巻のメインヒロインであるクレナは吸血鬼です。つまりケイルには、吸血鬼の「ただ者ではない要素」が与えられることになります。

物語の終盤。ただの落ちこぼれだった筈のケイルが、鋭い牙を生やし、禍々しい羽を広げ、凛然とした表情で敵と対峙するシーンは、イラストの効果もあってとても格好良く仕上がっているかと思います！

という感じで本編の話をさせていただきました。

本作は「小説家になろう」というウェブサイトにも連載しています。そちらの内容をブラッシュアップしたものがこの本です。

今更ですが、本作の書籍化に協力していただいたＨＪ文庫様および担当編集様には、感謝してもしきれません。本当にありがとうございます。

ウェブの方をお読みの方は既にご存知かと思いますが、この作品では吸血鬼だけでなく色んな種族（亜人）にスポットライトを当てていきたいと思います。獣人、悪魔、天使、妖精、エルフ、そして人間。まだまだ表現したいことが沢山ありますので、応援していただければ幸いです。

それでは、またお会いできることを願っております。

【謝辞】
本作の執筆を進めるにあたり、編集部や校閲など、ご関係者の皆様には大変お世話になりました。刀彼方様、私では思いつかない素敵なデザインを作成して頂きありがとうございます。最後に、本書を手に取って頂いた皆様へ、最大級の感謝を。

HJ文庫 894 http://www.hobbyjapan.co.jp/hjbunko/

最弱無能が玉座へ至る1

～人間社会の落ちこぼれ、亜人の眷属になって成り上がる～

2020年8月1日　初版発行

著者――坂石遊作

発行者―松下大介
発行所―株式会社ホビージャパン

〒151-0053
東京都渋谷区代々木2-15-8
電話　03(5304)7604（編集）
　　　03(5304)9112（営業）

印刷所――大日本印刷株式会社

装丁――BELL'S／株式会社エストール

ISBN978-4-7986-2265-1　C0193

ファンレター、作品のご感想お待ちしております

〒151－0053　東京都渋谷区代々木2－15－8
(株)ホビージャパン HJ文庫編集部 気付
坂石遊作 先生／刀 彼方 先生